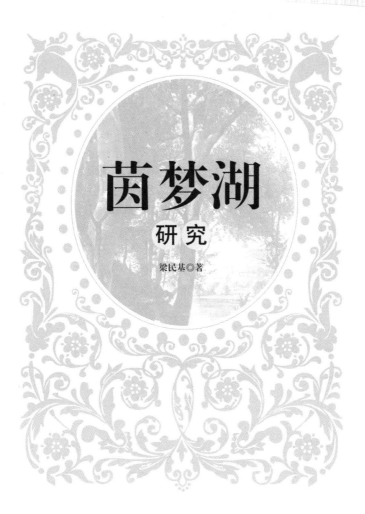

茵梦湖

研究

梁民基◎著

知识产权出版社

全国百佳图书出版单位

图书在版编目（CIP）数据

《茵梦湖》研究/梁民基著. —北京：知识产权出版社，2018.6
ISBN 978 - 7 - 5130 - 5525 - 3

Ⅰ.①茵… Ⅱ.①梁… Ⅲ.①近代文学—文学研究—德国 Ⅳ.①I516.064

中国版本图书馆 CIP 数据核字（2018）第 074456 号

内容提要

本书延续了作者《茵梦湖（原始版）》里的比较文学研究，包括歌德《威廉·迈斯特的学习年代》的影响以及与宋代笔记小说《放翁钟情前室》的类比。简评施托姆早期小说《玛尔特和她的钟》《大厅里》《身后事》《一片绿叶》《茵梦湖》《阳光下》《安格利卡》和《在施塔茨庄园》，着重了解写作手法在《茵梦湖》前后的演变；讨论与《茵梦湖》写法有相似之处的几本德文小说，如《托尼奥·克律格》等；改写了原有《〈茵梦湖〉小说里暗示、象征和引用》）；介绍了施托姆的宗教观、情感观和他小女儿写的《我父亲是怎样经历〈茵梦湖〉的》。

责任编辑：石红华　　　　　　　　　　责任校对：谷　洋
封面设计：邵建文　　　　　　　　　　责任出版：刘译文

《茵梦湖》研究

梁民基　著

出版发行	知识产权出版社有限责任公司	网　址	http://www.ipph.cn
社　址	北京市海淀区气象路 50 号院	邮　编	100081
责编电话	010 - 82000860 转 8130	责编邮箱	shihonghua@sina.com
发行电话	010 - 82000860 转 8101/8102	发行传真	010 - 82000893/82005070/82000270
印　刷	北京科信印刷有限公司	经　销	各大网上书店、新华书店及相关专业书店
开　本	787mm×1092mm　1/16	印　张	10
版　次	2018 年 6 月第 1 版	印　次	2018 年 6 月第 1 次印刷
字　数	174 千字	定　价	46.00 元

ISBN 978-7-5130-5525-3

前　言

　　本书继续笔者《茵梦湖（原始版）》里的比较文学研究，包括歌德《威廉·迈斯特的学习年代》的影响以及与宋代笔记小说《放翁钟情前室》类比。简评施托姆早期小说《玛尔特和她的钟》《大厅里》《身后事》《茵梦湖》《一片绿叶》《阳光下》《安格利卡》和《在施塔茨庄园》，着重了解写作手法在《茵梦湖》前后的演变；同时为方便读者阅读，配合翻译了《大厅里》和《身后事》；讨论与《茵梦湖》写法有相似之处的几本德文小说如《托尼奥·克律格》等；大幅改写了原有的《〈茵梦湖〉小说里的暗示、象征和引用》；介绍了施托姆的宗教观、情感观和他小女儿写的《我父亲是怎样经历〈茵梦湖〉的》。

　　为深入理解施托姆写作《茵梦湖》时个人生活对其创作影响，附录收入施托姆与初恋贝尔塔绝大部分通信，与第二任妻子朵丽斯结婚前后几封信件交换以及《施托姆与康士丹丝通信》和《施托姆与未婚妻通信》两书导言。此外还列出西德纪念施托姆150周年诞辰特刊里《毛泽东喜欢〈茵梦湖〉》一文。

　　书中所有引文、信件和诗作，若无注明均系笔者所译，附上原文旨在排除词义含混并供查证。笔者翻译功力不逮，"雅"固奢望，忠实原文行文畅达"信、达"则力竭再三，论据表述和资料引用更是惶恐不敢疏忽。

　　承蒙知识产权出版社石红华资深编审为此书做了大量、细致的编辑工作，在此表示深深的感谢。

笔者

2017 年 11 月

目　录

歌德《威廉·迈斯特的学习年代》对《茵梦湖》的影响

　　资料[1]详细比较了德国诗人作家默里克的《画家诺尔顿》和德国诗人艾兴多尔夫的《诗人和他的伙伴》与施托姆的《茵梦湖》的相应段落，首次指出施托姆有倚靠和借用他们作品的地方。1926年美国学者波特菲（A. Porterfield）举例说明《茵梦湖》借用并包含在歌德的《威廉·迈斯特的学习年代》（后文简为《威廉·迈斯特》）第一部前十二章之内。[2] 1986年日本学者深见茂发表《论施托姆的"茵梦湖"》，指出《茵梦湖》受到包括《威廉·迈斯特》在内的一些教育小说的影响。[3]

　　以下文字里，笔者对波特菲文章里的对比内容作了编删，行文改成一目了然更为直观的表格。表内【】是说明性文字，若无另外声明，引文均系笔者所译。

　　《茵梦湖》与《威廉·迈斯特的学习年代》第一部前十二章相似文字的列表。

　　《威廉·迈斯特》译文取自张荣昌的译本[4]，《茵梦湖》文字则是笔者已有译文[1]。表内只列入纯属比较的项，相似项除外。被笔者删除的几处是："朋友"（Freunde）一词出现的次数、恋人单独相处机会比较、恋人会面场所比较以及《茵梦湖》段落如何相当于《威廉·迈斯特》第一部前十二章的段落等。

歌德《威廉·迈斯特的学习年代》1795—1796 第一部前十二章	施托姆《茵梦湖》1849—1851
张荣昌译本：【章次，页码，行号】	巴金译本/笔者译本：《茵梦湖》[1]
【人物：普通商人子弟威廉，富商诺尔贝格，女演员玛利亚娜和老女仆巴尔巴拉，威廉的好友维尔纳】	【人物：平民子弟莱因哈德·维尔纳，富有庄园主埃利希，普通家庭女子伊利沙白和她的为人势利的母亲】
【威廉和玛利亚娜暂短离别，制造了诺尔贝格与玛利亚娜暧昧关系的机会】	【莱因哈德和伊利沙白两年离别，造就了埃利希追求伊利沙白最终求婚成功的机会】
【圣诞节点亮了蜡烛】 那幅细麻布……如圣诞礼物般放在桌上；蜡烛的位置恰巧使礼物更放光彩，……郑重其事地点燃起来的蜡烛，……【1，4，1】	【圣诞树蜡烛】 外面街道上是深深的暮色；他发热的额头感觉到一股清新的冬天气息，到处都洒下窗户透出的燃烛圣诞树的明亮光影，……
【诺尔贝格的包裹里还有信】 "……诺尔贝格要来了！过十四天他就来！这里有他的信，是跟礼物一起寄来的。"【1，5，14】	【母亲和伊利沙白的圣诞节包裹里有两人的信】 他打开包裹，从里面掉出了熟悉的棕色节日糕点，……最后是母亲的和伊利沙白的来信。
【玛利亚娜与威廉是实际意义上的初恋】 "……我爱他，我是多么高兴地第一次说出这样的话来！这就是我时常想象过的，始终说不清的那种痴情。"【1，5，8】 初恋是一个心灵或早或晚所能感受到的最美好的事物；那么，我们就必须为我们的男主人公倍感庆幸。【3，9，1】 他对舞台的爱好和对一个女子的初恋结合在一起，她的青春让他享受到巨大的欢乐。【3，9，11】 玛利亚娜同时维持与诺尔贝格关系出自现实生计考虑。【12，43，24】	【莱因哈德和伊利沙白是初恋】 最终他吞吞吐吐地道："伊利沙白，从现在起你会整整两年见不到我，——如果我再回到这儿，你还会像现在一样喜爱我吗？" "我有个秘密，一个美好的秘密！"他道，发亮的眼睛凝视着她。"两年后我回到这儿，那时你就应该知道了。"

【威廉对玛利亚娜的初印象】 威廉对这个楚楚动人的姑娘的爱欲已经乘着幻想力的翅膀升腾；……他发现自己有了一个自己深深爱慕着甚至敬仰着的人儿……她是他怀抱中的最可爱的女性。【3，9，8】	【伊利沙白在莱因哈德眼中的形象】 "她有着金色双眼，宛如林中女王。" 所以，她不单是他的被保护人，对他说来，也是他生活伊始所有爱和奇迹的表征。
【从酒馆出来一群喝罢香槟酒步履蹒跚的酒鬼】 方才一群快乐的小伙子从隔壁意大利酒馆里蹒跚地涌出来，他们尝鲜吃刚上市的牡蛎没少喝香槟酒。【3，11，5】	【从酒馆出来一个喝罢香槟酒步履蹒跚的酒鬼】 下面地下室酒馆门叮当响了，一个摇晃黑影蹒跚地登上灯光黯淡的宽楼梯。
【迟买的作客礼品】 "现在还来得及"，威廉递给老女仆一个金币道，"你若给我们弄来我们想吃的东西，你就和我们一起吃。"【3，11，9】	【迟买的圣诞节礼品】 他走入一家灯火辉煌的珠宝店；在店里买了一个红珊瑚小十字架后，便又顺着他来的原路回去。
【威廉对玛利亚娜表白想挽回过去】 威廉高声说，"……你把一切都告诉我，我愿意把一切都告诉你。如果有可能我们便愿意自欺，试图去重新赢得那蹉跎岁月。"【6，21，15】	【莱因哈德对伊利沙白感叹失去的过去】 "伊利沙白"，他道，——"在那些青山背后有着我们的青春，现在它们留在哪里呢？"
【选自意大利诗人塔索的《被解放的耶路撒冷》。敌对的十字军骑士唐克雷德与穆斯林女战士克罗琳德格斗，误伤她致死。】[注1] 诵读这几句话时我几乎泣不成声： "可是克罗琳德的寿数已满， 她的时刻已到，她就要死亡！"【7，23，17】	【吉普赛歌女有意于莱因哈德，她的爱情悲剧】 （原始版无） 今天，只有今天/我还是这般美好； 明天啊，明天/一切都消散！ 只在这一刻/你还是我的， 死啊，死/我有的只是孤独。

【玛利亚娜意想不到诺尔贝格寄来了包裹】 这一回，玛利亚娜意想不到地得到一个包裹，这是年轻的富商诺尔贝格通过邮车寄来的，表示他在远方也思念着他的情人。【1，3，5】	【莱因哈德意想不到收到家里寄来的包裹】 他用颤抖的手点亮灯；一个硕大包裹放在桌上。
【晚上威廉在母亲面前朗诵】 一天晚上，我一边将几个小蜡块捏成木偶，一边当着母亲的面吟诵全剧的绝大部分台词。【5，17，3】	【傍晚伊利沙白在母亲面前朗诵，莱因哈德在场】 在一些晚上，他听着她当着他的面，给她的母亲朗读他写在本子上的故事，这让他感到极大满足。
【父亲学究般地对威廉进行教育】 他认为，孩子们欢乐的时候大人们必须显出严肃的态度来，有时还得给他们泼点冷水，以免他们过分得意，忘乎所以。【5，17，12】	【老人对莱因哈德等人进行教育：摘到草莓才有甜品】 老先生再次喊道："这点大概不需要我对你们说了。谁没有找到，也就不必交货；但是，他从我们老人家这儿什么也得不到；……"
【年轻人的聚会】 总之，戏台又安置好了，请来了几个邻家孩子，这出戏又演起来了。【4，13，15】 第二天，因为邀请了一群孩子来看戏，我们演得很出色。【6，18，12】 我便躺在小房间里，让木偶们七嘴八舌纷纷上场表演，我时常邀请我的弟妹们和同伴们上去。【6，19，10】 这时，天色已经黑下来，我们点亮了蜡烛，女仆和孩子们都坐在各自的座位上，戏就要开演了。【7，25，5】	【年轻人的聚会】 最终从树林间透出那群人的欢笑声；接着他们就看到地面上的一块白色餐巾闪闪发亮，它被充作餐桌，上面堆满了草莓。 伊利沙白每年还有圣诞树，莱因哈德一直在那里尽力。圣诞节前夕始终可以发现很多人非常勤奋地忙碌着，……然后是下一晚，点燃起圣诞树，莱因哈德总是把一件小礼物放在树下，…… 然后，两个家庭习惯聚在一起，莱因哈德向他们朗读从伊利沙白处拿到的圣诞节新书。

【木偶们身上散发出储藏室糕点气味】 而且我承认，木偶们身上那股从食品储藏室带出的气味对此起了不少作用。【6，20，5】	**【圣诞包裹里散发出糕点的气味】** 但一股甜甜的气味迎面扑来；这让他觉到在家乡，像是圣诞节家里母亲房间散发的气味。
【玛利亚娜累得没听威廉讲故事】 在威廉讲述的时候，玛利亚娜竭力向威廉表现出亲切友好以掩盖自己的睡意……假意向他表示殷勤和赞赏。【6，20，27】 ……玛利亚娜醒过来了。……她一句话也没有听见。【8，29，14】	**【伊利沙白不愿听莱因哈德的重复故事】** "啊"，伊利沙白道，"它我都记熟了；你不要老讲一样的。"
【威廉留恋已逝时光】 威廉回答，"我们回忆往昔的时光和往昔的无害的错误，这真是一种美妙的感受，……"【3，11，22】	**【莱因哈德留恋已失去的爱情】** "我们要找草莓吗？"他问道，…… "我家里有本旧册子"，他道，"我过去习惯往里面写进各种民歌和诗，但是有好长时间没再做了。书页间也有石楠花，只是一朵枯萎了的。你知道是谁把它给了我吗？"
【威廉整理并通读他的私人文稿】 他坐在家里，在他的文稿堆里翻来寻去，作着启程准备。……【10，33，1】 维尔纳走进来，当他看见他的朋友正在收拾这些熟悉的稿本时，他嚷道："你又在读这些手稿啦？我打赌，你并不打算完成其中任何一部！你把它们读了一遍又一遍，……"【10，33，11】	**【莱因哈德整理并读他的私人文稿】** 现在他从给她讲过和一再讲过的童话里开始写下她最喜欢的那些。这中间他经常萌发冲动，要把他自身某些想法加进去创作。 他取出另一页。"这首歌"，他道，"是我去年秋天在我们老家当地听到的，女孩子们剥亚麻时唱它。我记不下它的曲调，对我是完全陌生的。"

【为开拓视野,父亲要威廉去外面看看】 "他可以到外面去看看",老迈斯特说,"……我们能给年轻人做的最大的好事,莫过于及时让他知道她的人生的使命。"【11,39,13】	【莱因哈德要伊利沙白去印度看外面的世界】 "狮子? 当然有狮子! 在印度,在那里异教巫师把它们套在车的前面,用它们穿越荒野。我长大了,我自己要去一次,那边比我们这儿好上千万倍,那儿根本没有冬天。你也要和我一起,你愿意吗?"
【维尔纳不理解威廉为什么热衷写稿和演剧】 他觉得,他的这位朋友对这种世界上最不现实的东西(写剧本演剧)极为重视,倾注了全部的心智。有时候他想,这没有错,这种不恰当的热情必须加以抑制。【10,36,15】	【埃利希不理解莱因哈德的诗歌和深夜去看睡莲】 "嘿",埃利希道,他一直吸海泡石烟斗愉快地倾听着,"已经听得出这类人的,裁缝匠和理发匠! 就是这一类的有趣无赖。" 莱因哈德道:"它们完全不是创作出来的;…… 它们是生长出来的,它们从空中落下,它们像蛛丝飞越大地,飞到这儿,飞到那儿,在成千个地方一起唱。我们在这些歌谣里,找到我们自己的痛苦和作为,就好像我们大家协力把它们搞出来的。" "这么夜深您去拜访谁了?"母亲向他叫唤道。 "我?"他回答,"我想拜访那朵睡莲;但是没有办成。"
【威廉做事有始无终】 (维尔纳对威廉道)"我知道,你从来就不曾有始有终完成过什么事情,你总是在事情还没有做到一半的时候就厌倦了。……"【10,34,3】	【莱因哈德放弃找草莓,有始无终】 于是他们踏上回程路,因为伊利沙白变得很累了,他们放弃了找草莓。

【维尔纳看到经商的前景】	【埃利希看到酒厂的工业繁荣前景】
（维尔纳道）"……除了商业以外，现如今哪儿还有更正当的行业，更公道的占有呢？……我们就不应该欣喜地抓住机会，通过我们的经商活动，从那些部分由于需要、部分由于骄奢而对人类不可缺少的商品身上谋取利益吗？"【10，36，21】	"这是一片酒厂"，埃利希道；"我两年前刚建起它。那座庄园建筑物是我已故父亲新建的；居屋是我的祖父已经造好的。人啊，总是这样一点点向前走。"
【玛利亚娜在楼梯口迎接威廉】	【伊利沙白在楼梯口和莱因哈德诀别】
他的情人在楼梯口向他迎上前去，……她身穿这件新的白色便服迎接他。【11，40，25】	他听到房子上面门在动，有人下楼来，他向上看，见伊利沙白站在他面前。
【玛利亚娜没有主意，要老女仆巴尔巴拉做主】	【伊利沙白最后没有主意，被母亲做了主】
"我没法选择"，玛利亚娜继续说，"你决定吧！你怎么我都可以，……我应该放弃谁，我应该随从谁？""你愿意怎么办就怎么办吧；我什么主意也想不出来了；不过我愿意听你的。"【12，44，，4】	"昨天埃利希终于得到伊利沙白的允诺，在这之前三个月他徒劳地求过两次婚。对这事她总不能做决定，现在她最终还是做了；……"
【巴尔巴拉觉得，虽然威廉对玛利亚娜感情有吸引力，但是他和玛利亚娜将来的生活要倚靠富商诺尔贝格】	【伊利沙白母亲觉得庄园主埃利希能担当她们母女将来生活，而莱因哈德属于不懂事的年轻人】
令她感到莫大欣喜的是，……另外也有给自己的一块棉布、围巾和一小卷钱。她是怀着多么爱慕，多么感激的心情忆念着那远方的诺尔贝格啊！【1，3，10】	（伊利沙白的母亲道）"就是埃利希有一个月了，继承他父亲在茵梦湖的第二个庄园。"
"是啊，他（威廉）不幸属于那类除了自己的那颗心别的什么也拿不出来的情人，……"【12，43，27】	"他真是一个可爱、明理的年轻人。" （伊利沙白道）："她（母亲）的意思是觉得你（莱因哈德）不再像以前那么好了。"

（以下三段原文没有，是笔者的补充）

【正在湖中沉沦的形象代表着玛利亚娜的命运】

"……我梦见"，他继续说，"我远离你的身边，到了一个陌生的地方；但是你的形象浮现在我的眼前；我看见你在一座美丽的山岗上，太阳照耀着大地，你显得多么娇媚动人！可是好景不长，不久我便看见你的形象向下滑行，……你的形象一直在下降，渐渐接近一个大湖，这片湖水在山冈脚下伸展开，与其说它是个湖，还不如说它是一片沼泽。突然一个男人把手伸给你，他似乎想把你拉上去。由于我够不着你，我便喊叫，我想警告你。我想行走，大地就似乎将我紧紧抓住；我能够行走了，水就将我挡住，甚至我胸口憋闷想喊也喊不出声来。"【12，42，19】

【危急时刻威廉向玛利亚娜伸出双臂】

不久我便看见你的形象向下滑行，总是向下滑行，我向你伸出双臂，因为太远够不着你。你的形象一直在下降，……

【12，44，3】

【在威廉和诺尔贝格之间的抉择】

（巴尔巴拉道）"……我觉得最自然的做法莫过于把一切给我们带来快乐和利益的东西结合在一起。你爱这一个，另一个就可以出钱嘛！"【12，44，8】

"谁阻止你在一个情人的怀抱里想着另一个情人呢？"

【12，44，18】

【黑色湖中孤独的睡莲代表伊利沙白的命运】

他能认出离岸抛一石子距离处有一朵白色睡莲。……继续精力充沛地向同一方向游去，最后他游到离花很近的地方了，近到月色下可以辨清那些银白色花瓣；可在同时，他觉得自己好像陷在像网那样的一团水生植物里。那些从湖底向上的滑溜溜茎梗已经够着并缠住他裸露的四肢，不熟悉的湖水是那么黝黑从四周包围着他。他听见后面一条鱼儿跃起，突然他觉得在这陌生环境令人恐惧，于是他大力地扯碎纠缠在一起的植物，急得透不过气地游向陆地。当他从这儿回顾湖面，那朵睡莲和以前一样远，孤独地在那黝黑的深处。

【诀别时刻莱因哈德向伊利沙白伸出双臂】

随后他再次转过身，她一动不动地站在原地失神地望着他，他向前走了一步向她伸出手臂。

【在莱因哈德和埃利希之间的抉择】

"依我母亲心愿，／我要嫁给别人 ……

以往荣耀时的一切，／现在成为罪孽，／我怎样从头来过！

所有骄傲和欢乐／我换来却是悲伤。

……"

（伊利沙白与莱因哈德的感情以前无可非议，现在她已为人妻，就成为罪孽了。）

　　《茵梦湖》和《威廉·迈斯特》都是叙事框架结构，前者是年迈的莱因哈德从"老人"场景开始回忆直到最后故事结束，再回到小说开始的地方，后者是第一章描述威廉和玛利亚娜相会，第二章和第四章到第八章共六章是威廉对他的青少年时代的回忆，第九章回到小说开始的地方。

　　《茵梦湖》最主要两个情节：一是功利的伊利沙白的母亲成功地拆散莱因哈德和伊利沙白，让女儿嫁给富有庄园主埃利希，另一个是分离多年仍然相爱的恋人重逢后最终还是选择分手，即庄园漫游中伊利沙白拒绝了莱因哈德重续旧情的请求以及莱因哈德深夜游向湖中睡莲未果象征他追求伊利沙白失败，这两者在《威廉·迈斯特》前十二章都有对应，它们分别是：世故的女仆巴尔巴拉点拨玛利亚娜，让她左右逢源地处理与威廉和富商诺尔贝格的三角关系，实际是让平民小子威廉出局，另一则是通过威廉未能挽救沉沦玛利亚娜的梦境，预告他们俩人分手的结局。

　　20世纪30年代施托姆大量私人材料公布之前，囿于材料不足，研究施托姆作品广泛采用文本研究，甚至可以说是唯一的研究方法。波特菲文中用这几个英语词：（形容外观的）Similarities，（精确重复的）Echos和（异质对象具有相同特点的）Analogies进一步阐明他所谓"相似"的含义。他以为公众过誉《茵梦湖》这本小书了，他又道："正像施托姆认识家乡胡苏姆的市长、丹麦总理和普鲁士国王一样，他是知道歌德的。这里我们挑明说过施托姆是一个有意识的仿作者吗？没有啊！但是，他的情况看来是德国文学所知道最认真的仿作（the most conscientious imitations）案例之一。"他不甚恭敬地揶揄道，"我们不硬性说，我们能够事实上或者是精神层面上找出两者细节相同之处。完全相反，施托姆是做过决定性改动的。《威廉·迈斯特》中圣诞节包裹由一个人分赠两个人，而《茵梦湖》里包裹则是两个人为一个人做准备。"这是笔者知道的学界对施托姆《茵梦湖》是仿作的唯一的批评。

　　作家的写作，尤其是初期的作品，受影响或借鉴他人作品不足为奇，中外这类例子比比皆是。例如鲁迅首篇小说《狂人日记》背后的俄国果戈理同名小说，曹禺的处女剧作《雷雨》见到挪威易卜生《玩偶之家》的影子，茅盾的《子夜》模仿法国左拉的《金钱》，就是上面提到过默里克的《画家诺尔顿》也公认是按歌德《威廉·迈斯特》教育小说的套路创作出来的，没有人说过它们是仿作。

受影响或借鉴的作品写得好，比原作还有名气，甚至受到原著作者的赞扬绝非是一件容易的事，施托姆的《茵梦湖》却做到了，或许可以用"融会贯通""青出于蓝而胜于蓝"来概括《茵梦湖》这一不寻常的文学创作过程吧。

《茵梦湖》与笔记小说《放翁钟情前室》比较

在比较文学平行研究中，处于不同时代、地域作家的作品都可以在"可比性"的前提下进行比较研究，近几年见有把《茵梦湖》分别与诗经《蒹葭》以及沈从文《边城》作比较的[注2]。

本节以周密（1232—1298）《齐东野语·放翁钟情前室》[5]与《茵梦湖》作文本对比。《放翁钟情前室》是一篇叙述陆游（1125—1210）和唐婉（？—？）事迹的宋代笔记小说，较之年代略早的陈鹄（1140—1225?）《耆旧续闻》[6]和刘克庄（1187—1269）《后村诗话》[7]记载更为详细。三篇收录事实接近无相悖，此文不涉足信史之争。[注3]以下在题材、情节和人物各项考察这两者的类似，表出它们的共同点，表内《茵梦湖》文字取自笔者已有译文。[1]

《放翁钟情前室》与《茵梦湖》的文本比较

周密《放翁钟情前室》（全文）	施托姆《茵梦湖》
【陆游与唐氏是姑表亲】 陆务观初娶唐氏，闳之女也，于其母夫人为姑侄。	【莱因哈德伊利沙白是青梅竹马恋人】 "……应该会让你去的；那时你实际上已经是我的妻子了。" 两个孩子一起生活；她在他面前通常太文静了，而他对她经常过于暴躁，但他们彼此却没有因此分开； "我有个秘密，一个美好的秘密！"他道，发亮的眼睛凝视着她。"两年后我回到这儿，那时你就应该知道了。"

【陆母不满意唐氏】 伉俪相得，而弗获于其姑。 （陈鹄：放翁先室内琴瑟甚和，然不当母夫人意。） （刘克庄：放翁少时，二亲教督甚严。初婚某氏，伉俪相得，二亲恐其惰于学也，数谴妇。）	【伊母不满意莱因哈德】 "哎"，母亲道，"您还一句话都没有问过您的朋友呢；他（埃利希）真是一个可爱、明理的年轻人。" "我还替你辩解过"，过了一会儿她道。"替我？对谁你有必要这样？""对我母亲。昨天晚上你离开后，我们长时间谈到你，她的意思是，你不再像以前那么好了。"
【为陆游仕途计陆母令其出妻，陆游复合努力遭阻，最后屈从】 既出，而未忍绝之，则为别馆，时时往焉。姑知而掩之。虽先知觉去，然事不得隐，竟绝之，亦人伦之变也。 （陈鹄：因出之。夫妇之情，实不忍离。） （刘克庄：放翁不敢逆尊者意，与妇诀。）	【为将来物质利益伊母选择了埃利希·伊利沙白反抗，最终屈服】 昨天埃利希终于得到伊利沙白的允诺。在这之前三个月他徒劳地求过两次婚。对这事她总不能做决定；现在她最终还是做了；
【赵士程娶再婚的唐氏】 唐后改适同郡宗子士程。 （陈鹄：後适南班士石其家，有园馆之胜。） （刘克庄：某氏改事某官，与陆氏有中外。）	【伊利沙白与埃利希成婚】 她还是太过于年轻，婚礼应该很快举行，以后她的母亲继续和他们一起过。
陆继配王氏 （此文字取自 1704 年《山阴陆氏谱系》"继，蜀郡晋安澧州刺史王馐字竭之之女，封令人，加封陈国夫人"。）	【伊利沙白婚后若干年，莱因哈德应邀拜访，茵梦湖成为俩人重逢和诀别的场所】 又是一些年过去了……，"茵梦湖！"旅者喊了起来，现在他几乎已经到达他旅途的目的地了； 过后他强迫自己转身向门走出去……他没回头，急急地走了出去；宁静的庄园越来越落在后面，广袤的世界在他面前升起。

【婚变十年后陆游偶游，沈园成为陆游唐氏重逢和终别的场所。】 尝以春日出游，相遇于禹迹寺南之沈氏园。 （陈鹄：务观一日至园中。） （刘克庄：一日通家于沈园。）	【埃利希·伊利沙白诚意款待莱因哈德】 埃利希兴奋溢于言表，回到门边站着。"怎样，伊利沙白"，他道，"我是不是替你正确安排了适合住我们新客房的客人？对吧！这你没有预料到的，万万不会料到的！" 伊利沙白受埃利希的委托，他和母亲不在时让莱因哈德领略一下最邻近周边的美丽景色。
【赵士程唐氏遇陆游，表达善意。】 唐以语赵，遣致酒肴。 （陈鹄：去妇闻之，遣遣黄封酒果馔，通殷勤。）	【千言万语从何说起】 她无声地点点头；她的眼睛下垂，只看着他手中拿的花草。他们长时间站立，当她抬起眼睛对着他时，他看见她满眶泪水。 "伊利沙白"，他道，——"在那些青山背后有着我们的青春，现在它们留在哪里呢？"她不再说话，他们并排着默然地朝湖面走下。
【无声胜有声】 翁怅然久之， （陈鹄：公感其情。） （刘克庄：坐间目成而已。）	【民谣"依我母亲心愿"】 莱因哈德卷开这页纸，伊利沙白把手压在纸边一起看去，莱因哈德读道： "依我母亲心愿， 我要嫁给别人， 以前至爱的， 心里应该忘记， 这我不愿意。 我向母亲诉苦， 怨她事没办好， 以往荣耀时的一切， 现在成为罪孽， 我怎样从头来过！

	所有骄傲和欢乐， 我换来却是悲伤， 啊，如果这从没有过， 啊，我可以去乞讨。 遍走褐色荒郊!"
【词寄《钗头凤》】 为赋《钗头凤》一词，题园壁间云： （陳鵠：為賦此詞。其婦見而和之，云「世情薄，人情惡」之句，惜不得其全闋。） "红酥手，黄藤酒， 满城春色宫墙柳。 东风恶，欢情薄， 一怀愁绪，几年离索。 错! 错! 错! 春如旧，人空瘦， 泪痕红浥鲛绡透。 桃花落，闲池阁， 山盟虽在，锦书难托。 莫! 莫! 莫!" 实绍兴乙亥岁也（1155 年，31 岁）。	**【永不再见】** "你不会再来了"，她终于道，"我知道，别说谎，你绝不会再来了。" "不了。"他道。
【生离死别】 未久，唐氏死。（笔者将后句提前到此） （陳鵠：未幾，怏怏而卒，聞者為之愴然。）	莱因哈德也成家（原始版文字）： 若干年后，我们又发现莱因哈德来到远离刚才描述过场景所在州的北部边远地区。……最后他娶了亲。

【陆游至死未能忘情唐氏】	【莱因哈德始终怀念伊利沙白】（原始版文字）：
翁居鉴湖之三山，晚岁每入城，必登寺眺望，不能胜情。尝赋二绝云： "梦断香销四十年，沈园柳老不飞绵。此身行作稽山土，犹吊遗踪一怅然。" 又云："城上斜阳画角哀，沈园无复旧池台。伤心桥下春波绿，曾是惊鸿照影来。"盖庆元己未岁也（陆74岁）。	他会成个钟点地站在窗前凝视，显然不是看下面开阔地的风景。但是，当展望过去的最深处，一个景象浓于另一个景象交替出现时，他的眼睛炯炯发亮，这绝大多是埃利希来信的时候。
（未久，唐氏死。此句已被笔者提前） 至绍熙壬子岁（陆68岁），复有诗。序云："禹迹寺南，有沈氏小园。四十年前，尝题小词一阕壁间。偶复一到，而园已三易主，读之怅然。"诗云： "枫叶初丹槲叶黄，河阳愁鬓怯新霜。林亭感旧空回首，泉路凭谁说断肠？坏壁辞题尘漠漠，断云幽梦事茫茫。年来妄念消除尽，回向蒲龛一炷香。" （又至开禧乙丑岁暮陆80岁），夜梦游沈氏园，又两绝句云： "路近城南已怕行，沈家园里更伤情。香穿客袖梅花在，绿蘸寺桥春水生。" "城南小陌又逢春，只见梅花不见人。玉骨久成泉下土，墨痕犹锁壁间尘。"	（原始版文字）： 三十年后，他的妻子如生前那般温柔安静地离世。他辞了职，向北搬迁到德国最北部边远地区。他在小城里买了座老房子节俭地生活。从这以后，他就没听到过伊利沙白的任何消息。现在对他说来，眼前的生活占的分量越来越少，炯炯有神的黑眼睛里越来越明亮地显现那遥远的过去，他年轻时的爱人可能从来都没有像现在，在他如此的高龄时那样贴近他的心。 我们在他脱下衣服的房间里伴随着他，并伴随他追忆他们已逝的年华，……到最后，老人的目光几乎达不到的那个水域上，一朵白色的睡莲孤独地浮现在宽阔的树叶间。

《放翁钟情前室》和《茵梦湖》两篇作品叙述或是描写了恋人尊母命被逼分离、重逢、诀别乃至晚年无尽思念的故事，而且它们都有真实人物和情节作背景，并非杜撰。如此地域相隔遥远、迥然不同历史时期的中西两部作品，竟然在题材、情节、人物和叙事有这般众多相似，简直是互为翻版。

它们的内容共同点如下。

（1）故事均发生在陋世

陆游成长在偏安江南的南宋，当时的统治者只求苟安无意进取。陆游眼看收复中原的希望破灭，特别是他受保守势力打击的时候，他的诗词里激昂中不可避免产生空虚、悲观的情绪，理想梦境与现实悲凉构成强烈的对比。

《茵梦湖》问世时的德国，正处在欧洲 1848 年革命后罹难市民阶层里弥漫的听天由命氛围的黑暗时代，被称为"陋世"。守旧的政治环境造成这期间文学作品的特点是中庸，对世俗权力谦卑敬畏，热衷于描写宁静隐居生活，态度保守消极。

（2）人物和情节真实

我国历来民间记载男女悲欢离合的故事浩如烟海。箇中人物正史可查到且情节无附会、臆造和想象的则少之又少。笔记小说《放翁钟情前室》真实地描述陆游婚事，出妻和沈园题壁《钗头凤》，并由它衍生出《沈园》和《钗头凤》为题的种种诗词戏曲[注4]，有如鲁迅评唐代传奇《莺莺传》：元稹以张生自寓，述其亲历之境。《钗头凤》和《莺莺传》能流传萦绕近千年不衰，想来作品的人物情节真实应是感动读者的最主要原因。

《茵梦湖》莱因哈德原型是施托姆自己，这是周知事实，莱因哈德在爱情婚姻上的失败和放弃，反映施托姆那时的两难处境。伊利沙白前半段人生，是施托姆与之交往七年单恋无果的贝尔塔，后半段人生是施托姆和朵丽斯相爱而被迫放弃的婚外情经历。由于《茵梦湖》素材带有明显自传性质，德国读者往往把其等同作者施托姆自身经历，从而使这本小说持续备受欢迎。[1,p.61]

（3）婚姻难违母命

陆游遵母命休妻历来备受微词，伊利沙白屈从母意允婚亦被视为软弱。作出这些违心决定实是囿于当时的历史环境。

"三纲五常"规范了中国千年伦理道德标准。事父母至孝不违尊者意，陆游被迫出妻。但是陆游仍对与唐氏往来有所期望，非总是软弱亦非无所作为。试看近代新文化先驱胡适和鲁迅尚顺从其母为他们一手包办的婚姻，今人又何来苛求古人？

同样，在 19 世纪上半叶德国，妇女受教育机会和程度有限，遑论在社会上求职独立生存。父母为子女婚事做决定也是普遍现象，伊利沙白母亲出于物质利益考虑和自己后半生生活保障，逼迫她女儿与莱因哈德分手，答应与埃利希的婚事。伊利沙白承受母亲压力拒绝了埃利希两次求婚已是不易，要求她独立生活或做出弃家出走之类反抗，对于才十五岁的她都是不实际的。[1,p.60]

（4）与婚对象敦厚明理

唐氏遇到对她倾心爱慕的南宋宗室赵士程再嫁，是不幸中的幸事。[注5]只是唐氏专情陆游最后郁郁而终，否则唐氏这次再婚应该有一个美满结局。

在程颐宣扬"饿死事极小，失节事极大"和司马光所谓"贞女不事二夫"这样的宋代社会背景下，唐氏的再婚不是件易事。家世显赫子弟赵士程娶她为正妻也逾越常规。如果不是赵对唐氏的感情真挚和理解，此事断无可能。多年后陆游游园偶遇赵唐氏两人，"唐以语赵，遣致酒肴"，陈鹄文"去妇闻之，遣遗黄封酒果馔，通殷勤"。赵士程确实是位大丈夫，豁达、敦厚和明理。

埃利希深爱并充分信任伊利沙白，他邀请莱因哈德来访茵梦湖庄园完全出于主动，是为了妻子，无怪乎伊利沙白感激地对他道："你真好，埃利希！"在他与伊母外出办事期间，委托伊利沙白带莱因哈德到庄园各处游览，普遍被评价为倾向理性审视生活，善解人意和心襟坦荡。[3,p.51]

（5）重逢诀别的沈园和茵梦湖相似

重逢和诀别场所都发生在风景如画富有诗意的私家园林。

陆游晚年的多首诗里提及其时沈园的池、台、林、亭、桥以及柳、枫、槲、梅，此处不赘引述。

茵梦湖在莱因哈德眼中：下面尽头是一深蓝色平静湖泊，几乎被阳光下的绿色树林团团围住，只在一处，树林呈现相互分离，呈现了一片深邃远景，一直延伸到深处止于蓝色山峦。正对面方向，树林的绿叶中间宛如被白雪覆盖，它们是花卉盛开的果树，从这里冒出主人的红瓦白色房屋在高堤耸立而起。一只鹳鸟从烟囱飞起，缓缓在湖面上盘旋，……越过他脚边的树梢看另一边湖堤，那儿主人房屋的倒影波光粼粼浮现在湖面。

（6）彼此思念终生

陆游直至晚年没有停止过对唐氏的思念，七十五岁写成著名脍炙人口的悼亡诗"沈园二首"（见上表里面的二绝），在八十一岁和八十五岁高龄时他还写了另外两首：

城南亭榭锁闲坊，孤鹤归来只自伤。尘渍苔侵数行墨，尔来谁为拂颓墙？

沈家园里花如锦，半是当年识放翁；也信美人终作土，不堪幽梦太匆匆。

在《茵梦湖（原始版）》中，莱因哈德不辞而别离开了茵梦湖庄园，若干年后搬到边远地区觅到公职，结婚生子平静度日，但仍时时思念过往。他妻子离世后，莱因哈德的现实生活所占的分量变得越来越少，他退缩沉湎过去，思念年青时代恋人不能自拔。

（7）悲剧性结局

我国绝大多数的民间故事传奇即便是悲剧性的，最后总是一个美满的团圆，它符合国人尤其是下层民众的心态和审美。鲁迅说过中国的悲剧就是瞒和骗：凡是历史上不团圆的，在小说里统统给他团圆，没有报应的，给他报应，互相欺骗——这实在是关于国民性的问题。《放翁钟情前室》叙述了陆游和唐氏悲欢离合故事，出于这段历史事实众所周知，妙笔生花的文人无从"瞒和骗"在结尾附加"化蝶"或"中有双飞鸟，自名为鸳鸯"之类神话来冲淡结局的悲摧气氛。真实性使《放翁钟情前室》叙事变得更感人心脾。

反之西方文学创作中拥有悠久的悲剧美学传统，它的作品并不拒绝悲剧结局。《茵梦湖》结局属于社会悲剧，莱因哈德的不作为过失或者说是"悲剧性缺陷"，伊利沙白自身性格软弱，两人面对强大的社会传统势力作过抗争最终失败，三个主人公都没有获得幸福。伊利沙白与埃利希宁静度日，维持着他们无爱无儿女婚姻，莱因哈德失意后选择事业上的自我完善，作为学者孤独终老。当代思想家顾准读完小说后连道："哀而不怨"，是对其艺术境界和结局最简明的概括。

综上所述，《放翁钟情前室》和《茵梦湖》两者创作时间、地域和文化背景间隔之大之远，在题材、情节、人物和叙事有如此共通乃为罕见，或许可谓偶然，但它们表现出的共通人性，可归于不同地域国家的作家他们对普适的人文情怀和爱情价值观的认同。

施托姆早期几部小说简介和评析

本节简介施托姆早期小说各篇内容，并从文本分析了解作者的写作艺术，包括回忆和叙事、框架结构、象征手法，并与《茵梦湖》比较异同。韩裔学者李瑙恩（이노은，No‐Eun Lee）2005 年德文专著《施托姆 1848年至 1859 年早期小说中的回忆和回忆过程》深入分析了各篇小说的回忆和叙事进程，是研究施托姆早期小说的重要参考资料之一。[8]

《茵梦湖》发表前，施托姆已完成了《玛尔特和她的钟》（1848）、《大厅里》（1849）、《身后事》（1849/1851）和《茵梦湖》（1849/1851），《茵梦湖》之后陆续问世的有《一片绿叶》（1854）、《阳光下》（1854）、《安格利卡》（1855）和《在施塔茨庄园》（1859），本文所谓的早期小说就是指这八篇。《茵梦湖》可以说是它们的范例（Prototyp）。从《在施塔茨庄园》开始，作者的小说主题转变，关注起社会现实问题。本节结尾用简单表格列出了这八篇小说的回忆叙事、写作手法和特色。

这些小说的中译，就笔者所知，《身后事》译本未见有过，《大厅里》的段可情译文坊间现已难觅[注6]，笔者译出这两篇置于附录供读者参考。《阳光下》有赵君玉的首译、《茵梦湖》的中港台有近 40 种译本，[1, pp. 126 – 128]其余各篇均有多人重译，重译时间难辨先后，它们散见于例如赵燮生、江南、赵君玉、杨武能、高中甫/关惠文、孙坤荣等众多译本中。

《玛尔特和她的钟》（*Marthe und ihre Uhr*，1848）

小说文体采用框架结构。框外，"我"这个学生租客变身为叙事者，以占了小说近一半篇幅详尽介绍了房东玛尔特的情况，包括她的家庭、成长过程、所受教育、对读书及花卉的爱好以及"我"与她的和谐相处情况。

终身未嫁的老妇人玛尔特靠出租老宅多余房间节俭孤独地生活，她读过不少书，有自己的独立见解和丰富想象力。她与房间里的家具朝夕相伴，它们成为她可以倾诉心事的对象，特别是那台时而快、时而慢和时而停摆怪异的老座钟，被她视为具有灵性的物件。

在圣诞节翌日"我"向玛尔特问起昨晚怎样过圣诞夜，她回答道："在家里，老座钟突然响起不要我出去。"原来是圣诞夜这座停摆座钟动了，玛尔特听从了它的"劝告"留在家里取消了受邀外出做客。"我"的问话同时也挑起她对过往两个圣诞夜的回忆。

时光返回过去，玛尔特作为回忆者和叙述者双重角色进入框内第一个场景：悠悠钟声使她想起了儿时圣诞夜全家过节情景，母亲忙着做苹果馅饼，父亲带领大家唱起赞美诗，孩子们欣喜得到各自的小小礼品……座钟的嘀嗒声变得越来越弱，突然敲响了十一点，又让她想起姐妹外嫁后、父亲兄弟去世后的另一个圣诞夜。在第二个场景里，她握着患病临终母亲的手一直陪伴着，也正是这个时刻，母亲咽下最后一口气在她怀里离世。老座钟见证并帮助玛尔特回忆这两段跨度几达她一生对她至关重要的时刻，包含着她一生的欢乐和痛苦。

现在是回忆叙事结束返回框外，玛尔特孤独一人和那老座钟交谈场景，伴随着"嘀嗒，重复，嘀嗒，声调更生硬和更急迫……那个老座钟还再要什么？"中间交错着回忆，她就这样过了今年的圣诞节。

"我"继续讲余下的故事。由于我们分别多年，而且离得很远，"我"只能想象玛尔特的生活现在会是怎样，并希望她能够读到"我"写的关于她的几页文字。

小说里古旧座钟带来栩栩如生的想象，它的无序嘀嗒声节奏引导着主人怀旧情绪的变化和整个故事的跌宕起伏，"年深日久，估计齿轮机械已经磨损，所以钟摆发出的响声既沉浊又不均匀，而且摆锤时不时地会突然掉下来几英寸。这时本该敲十二响偏偏只敲六响，反过来有时候倒敲个没完没了，像是它想要将功补过，直敲到玛尔特过来把钟锤从链条上拿掉。最稀罕的是有时候它该敲却敲不响，接着只听齿轮间传出一阵阵吱吱嘎嘎的声音，可钟锤就是抬不起来。"拟人化的家具，特别是座钟描写是这篇小说最精彩最令人印象深刻的地方。

小说中玛尔特的房间施托姆是这样写的："她的纺车，她的褐色雕花靠背椅，尤其一台老式座钟……一张长发垂挂的海妖面孔，头发紧靠着已经发黄的刻度盘的两侧，这面孔是用白铁皮剪成后再上色做的，刻度盘的下面部分被带鳞片的鱼的身子围着，鱼身上还残留着镀金的痕迹。指针似乎做成了蝎子尾巴的样子。……阳光温暖地照进她的玻璃窗，窗台上的丁香花正吐放着甜美的芳香，窗外的天空掠过一群呢喃歌唱的燕儿。周围的世界待她多么亲切啊，她的心情不能不重新变得愉快起来。"这段细腻描写受到当时著名诗人作家默里克的特别赞许，并与茵梦湖庄园的花厅的描写相提并论："读后就有的明显惬意感觉一直保留到今刻。我感到里面散发出一股纯净真正的诗意气息。茵梦湖庄园的古老花厅，玛尔特的房间等，我即时的反应是，它们像是人们可以花很多小时细细观看的一个熟悉的老地方。"[1,p.88]

还有，小说中提到玛尔特喜欢读的默里克小说《画家诺尔顿》是有缘由的，施托姆在基尔上大学时就读过这本书。他认为："这本书个别章节可能达到了整个艺术所能达到的最高点。"在给未婚妻康士丹丝信中提到："对我而言，这本书是从灵魂深处创作出来的。"可以看出他受默里克这本小说影响之深，甚至把这份喜爱移植到他的作品主人公身上。[1,p.72]

《玛尔特和她的钟》是施托姆的第一本小说，已经具备了他今后小说的诸多要素，它们是：

1. 框架叙事；
2. 回忆和想象的主题；
3. 重要的、例如圣诞节之类会引发回忆的动因；
4. 自然景色的细腻描写；
5. 暗示和象征手法的运用。

这五个元素在《茵梦湖》里也一一体现无遗。此外，从男性视角叙事、用到当时德语文学流行的第一人称（Ich－Erzähler）写法、叙事者也往往担负回忆和书面记录双重角色，这些也是施托姆小说的特点。

《大厅里》（*Im Saal*，1849）

《大厅里》首次刊登在《石勒苏益格－荷尔斯泰因及劳恩堡1849年民间话本》，比原始版的《茵梦湖》出版早了一年。

小说的情节简单：全家在老旧大厅家庭聚会，小芭芭拉按其曾祖母名字洗礼命名，她老人家实在是与现在生活太脱节了，给出生的曾孙女取了个古板名字。聚会上小芭芭拉的父亲提出想改建这个大厅，引起他的祖母即小芭芭拉曾祖母的异议和对自己生活及家庭历史久远的美好回忆。会上发生了新旧政治观点争论，最后只达成了大厅如何改建的共识。

与《玛尔特和她的钟》一样，都是以谈话开始进入回忆的写作套路。从大厅改建讨论（回忆的动因）触发祖母主动回忆进入叙事框内。第一场景中她以第三人称回顾了与祖父相识的整个过程，儿童时代的她在这里与青年祖父初次相识，彼此就爱上了，祖父离开的八年漫长日子里，她始终等着他学成归来，每个冬日望着那积雪花园，同时想着他们度过的那个美好夏日。第二场景是祖父回来后，曾祖父为他们的婚礼特意建造了这个大厅，盛大风光的婚礼被人们后来一直津津乐道。他们共同度过幸福的一生，最后回忆结束，返回框外小说开始的家庭聚会场景。

祖母的整个回忆主调是留恋并希望重现过往的一切，包括人和物。她谈起这个她认为值得保留的大厅，称赞过去等级森严尊卑分明的社会生活，她道，"以前真正是一个平和质朴的年代；人们想都没想过要比国王和部长们来得高明；热衷政治的那些人被称为'准政治家'（Kannegiesser）；大家安分守己，鞋匠就是为邻居做鞋；女人取名都是特丽和施婷这样的普通名字；人人按自己的社会地位穿着打扮。而现在，男人们上唇胡须蓄得甚至像地主和贵族骑士那样。"并认为"贵人和有权有势的人，他们生来就是好命"。小芭芭拉的父亲当然不赞同祖母这些守旧看法，因为现在社会和时代都变了。面对祖母的质问："你们想要什么？你们要掌管一切"时，他明确回答"是的"，并说出人人平等的政治观念；"或许我们都成为男爵，整个德国统统都是，不然我看不到什么办法"。

但在大厅改造方面，他做了让祖母开怀的让步，准备完全遵从她恢复原状的意见，植上花草让园子变得和从前一样，妇女们荡上千秋，太阳照在孩子们的金色卷发上闪闪发光，让儿时的芭芭拉（指祖母）重新回来，或许祖父也会沿小路台阶出现在夏日下午的园子上。听后祖母颇有深意笑着说："你是个幻想家。你的祖父也是一样！"她说的"幻想家"具有的双重含义，一方面期许她的孙子会和已故祖父一样出色，另一方面她也知道恢复过往的一切是幻想。

小说涉及家庭内保守和变革思想的公开争论。回顾小说发表的三月革命前后德国社会动荡的背景，这场家庭内部争论实质上反映了社会的新旧思想剧烈交锋状况，而新的势力还不足以撼动和推翻旧的上层社会架构。

小说的时间跨度从过去、现在到将来，主要人物四代同堂，从年迈祖母，她故去的儿子，孙子到曾孙女，故事都发生在同一场所。对比《茵梦湖》《身后事》《安格利卡》《阳光下》里面主人公缺乏来自父母和兄弟姐妹关怀、有情人未成眷属的结局，以及《玛尔特和她的钟》《在施塔茨庄园》女主人公陷入孤独和贫困境地，这篇《大厅里》见到了施托姆早期小说少见的大家庭宽容、和解和温馨的场面，见到《茵梦湖》里伊利沙白与莱因哈德青梅竹马、两小无猜的身影，见到《一片绿叶》和《茵梦湖》描绘的大自然美丽景色。文中曾祖母儿时的小女孩形象，如同在《茵梦湖》《安格利卡》《阳光下》一样，也部分地映射了施托姆和贝尔塔的经历。

此外，祖母口中她的父亲（文中的曾祖父），一个具有军人举止、修饰整洁的强壮男人，黑色眼眉在扑白粉的头发中衬托出他那高贵的外观的原型是施托姆的曾祖父 F. Woldsen（1725—1811），而她的丈夫（文中的祖父），一个极优秀的年轻人，一双温柔友善的眼睛，黑色发兜可爱地垂落在他的生动的脸颊和银灰色布外衣上的原型则是施托姆的祖父 S. Woldsen（1754—1820）。[9,pp. 44 – 45]

《身后事》（*Posthuma*，1849/1851）

　　小说原名 *Posthuma* 是拉丁文，表示死后显现的事情或工作，施托姆1849 年完稿但延后出版，与修改后的《茵梦湖》同时收集在 1851 年出版的《夏日故事和诗歌》里。由于是属同一时期创作，两者写作手法很多相同。

　　这是关于一个出身良好家庭有教养的大学生与出身低微贫寒少女恋爱的小故事。小说以少女被埋在无名墓地的冷清葬礼开始，春去秋来一年后，无名墓碑上终于刻上了少女名字，那是大学生在她死后首次来为她扫墓之时。少女死后，大学生回想起他们俩人交往始末。他最初追求她只是出于她年轻美貌，实际上并没有爱上她，她说的炽热情话他漫不经心地对待，只把她看成是情欲宣泄对象，而她却是痴情，忘我地投入这段恋情，两人迥然不同的态度导致最后的悲剧发生。文中描述了一个冬日夜晚，他们在花园里亲吻被路人惊扰发觉，他为了不被人认出躲开了，让她说出"你应为自己感到羞耻"的话，但她仍然忍受屈辱不愿责备他，只是双手捂住眼睛，不能自拔地沉沦其中，而他小小的呵护动作，例如把围巾包着她的双脚就会让她感到幸福万分。这个冬夜实在是太冷了，衣着单薄的少女受寒发烧，八天后卧病在床不起，两个月后死去。总算有人性自省精神的大学生为自己的自私无良感到内疚和羞愧，觉得这时才真正爱上了她。

　　这篇短故事不脱施托姆小说的回忆加框架的写法，但是框架是在小说的一半之处大学生深夜来到墓地才开始，他把玫瑰花圈挂在黑十字架上，然后头靠着它……他活在已不存在的时间段，被少女那长期拢合在寂静心上的双手拥抱。白色身影紧挨着他，孩子般的两只蓝眼睛看着他。大学生回忆与少女过去交往的种种细节，直到少女病亡回忆结束离开叙事框架，小说结尾只是简单两句话：现在他长年随身带着她的清新照片，不由自主地爱上了那个死去的少女。

　　小说按时空划分，由五个篇幅不一的场景构成。它们是：（1）落葬；（2）秋去冬来、春花夏月的一年；（3）大学生深夜在旅社反思动身去墓地；（4）回忆过去与少女的邂逅；（5）回归现在世界。所有场景的气氛都是阴沉压抑的，凄凉的送葬队伍，终岁荒凉的坟场，漆黑夜晚冷清的街道和墓地，冬春之交寒夜的最后一次约会。通篇中，唯有在少女把他的手贴放在她脸颊上。"我热！我只觉得火烧一般的热！"她道，她双臂绕着他脖梗，像孩子悬在他的脖子上，忘情地默默凝视着他，才透出一点儿人间热情欢乐，情绪却又那么苦涩。

鉴于两人社会地位悬殊，大学生无论生前与她约会和死后悼念她，始终害怕他们两人的交往和爱情被公开，一切都笼罩在黑暗夜晚和他小心翼翼的行动中。小说里是这样描写他们约会和他的扫墓活动。

现在他们听到脚步声走近。他想推开她，但她把他拉回来，"无所谓啦"，她说。他松开她胳膊，一个人往后退去。

"那个墓处在阴影里"，他道，"月光照不到那上面。"……小心地打开房门，用蜡烛照亮楼梯下楼。他到门口再一次倾听，然后无声地开大门出去。

与《茵梦湖》一样，《身后事》作者除了说过少女有孩子般的蓝色眼睛外，没有描写人物脸部及其表情的细节，读者可以根据想象塑造自己的男女主人公的人物外貌和形象。《茵梦湖》被批评缺乏人物的心理活动即所谓"内涵"描写[1,p.90]，在这篇小说中同样存在，作者没有交代少女死后大学生心理变化悔悟的原因，叙事就戛然而止，五个场景之间的空隙由读者自己填补，特别是可以想象，在少女落葬后大学生悄无声息的一年中，他的心情是怎样变化，是怎样对自己既往的深刻反思，从轻视、遗弃、修葺墓地和建墓碑赎罪到永久怀念。

大学生在少女墓前十字架献上白玫瑰编的花圈具有强烈的意味，正如《茵梦湖》中象征持续感情的绿色石楠花作为莱因哈德与伊利沙白爱情的信物一样，在这个场合白玫瑰代表虔诚悼念，也代表对她的爱。

此外，比较这篇小说和《茵梦湖》主人公夜不成眠出门的描写，两者十分相似。

唯有在一座大房子最高层房间里一个年轻人还醒着，他点起蜡烛，靠背椅上闭眼坐着，倾听下面万物是否都安静下来了，手中拿着白玫瑰花圈，长久地坐着。外面是另一个生动世界，夜间昆虫四下到处漫游，远处有些呜咽声。当他睁开眼，房间变得明亮。他能辨认出墙上的图画。透过窗他看到对面侧翼建筑物沐浴在冰冷月光下的墙。他突然有了去教堂墓地的念头。……然后无声地打开大门出来。

《茵梦湖》中：他坐在临窗的靠椅上；像以前所做的那样，他想听到在下面紫杉树墙鸣啭的夜莺；但听见的只是自己的心跳；他下面的屋子里一片寂静；夜晚时光在流逝；他没有感觉到。——他坐了好几个小时，最后站起来置身于敞开的窗户间；树叶间淌落着夜露，夜莺不再鸣啭；来自东方的浅黄色微光逐渐挤走夜幕的深蓝，……小心翼翼地打开门下楼到前廊。

《茵梦湖（原始版）》里，渐次年老的莱因哈德虽然很少却还能得到埃利希和伊利沙白的消息，《玛尔特和她的钟》的"我"还希望老妇人或许哪一天能读到他那几页回忆文字，而这里，大学生与昔日恋人阴阳永隔，他不再有他们的幸运。只在深夜回忆世界里，他才能追忆弥补对亡者的爱。在施托姆以后的小说里，对亡者的爱情开始成为他的一个写作主题，如《在施塔茨庄园》和《在大学里》。

文中还有一个细节，冬春之交寒冷的夜晚，穿着破旧衣服的她来花园见他。"破旧"这个词暗喻少女的清纯本色，她与大学生之间是纯情，没有掺杂功利成分。施托姆学生时期结识一位白天集市弹竖琴卖艺的少女，晚上他们在已关门的公园里幽会[1,p.58]，她的形象在施托姆早期诗作中多次出现，在这篇小说的少女和《茵梦湖》的吉普赛歌女身上也能看到她的影子。

小说结尾大学生对亡者的迟到忏悔：他没有再见到她，然而她死后他的情欲逐渐消失，现在他长年随身带着她的清新可人肖像，并且不由自主地爱上了亡者，那死去的少女。《茵梦湖》结尾老莱因哈德只有思念，没有对自己年轻时代过失的任何反思，这是读《茵梦湖》时往往容易忽略的。

最后谈一下《身后事》的创作过程。1842—1843 年施托姆追求贝尔塔最终失败，他为摆脱沮丧情绪，这段时间写了如《再见》（*Leb wohl*）、《供认》（*Gesteh's!*）、《在慕克贝尔格》（*Auf Münkeberg*）、《你这样年轻》（*Du bist so jung*）、《我们坐在阳光下》（*Wir saßen vor der Sonne*）等诗，还包括两段以象征方式表达、力图摆脱他与贝尔塔持续多年感情的文字，这些都收录到他的手写真迹集《我的诗歌》（*Sammelhandschrift "Meine Gedichte"*）里。

第一段文字源自施托姆 1942 年 3 月去了基尔后一些日子写下的感言（参见本书"施托姆与贝尔塔的通信"编号 18 的信），日后用作一篇故事的结尾。[10,p.21,p.142]

第二段文字则是本篇小说《身后事》的写作提纲，现照录如下。[10,pp.98-99]

她濒临死亡，但她还是那样年轻漂亮，大理石般的光洁。她依然诱人和备受追求，因为临近的死亡让她变得更美。她轻盈，像女精灵一样，他抱她上膝盖，没感到什么分量，只是修长匀称身躯的外形。

她爱他，她为他做了一切。冬春之交寒冷的夜晚，她来花园见他，她眼中只有他，没有其他人。他不爱她，他只是垂涎美色，贪婪攫取她口中喷发的热刺刺的情话。"如果我是个多嘴的人"，他说，"我明天就会说，城里最漂亮的姑娘吻过了我。"她不相信他认为她是最漂亮的，但她也不相信他会不说。她在他掌控中，他没有诱骗她，不是因为爱她，而是觉得（似乎有）某个东西阻止他完全占有她。（他不知道）那是死亡。

那个寒冷夜晚后的第八天，她卧床不起，两个月后便死去。此后他没有再见到她，然而她死后他的情欲逐渐消失，现在他长年随身带着她的清新可人肖像，并且不由自主地爱上了亡者，那死去的少女。

《茵梦湖》（*Immensee*，1849/1851）

　　盖尔特鲁德在1924年的"《茵梦湖》导言"一文透露，施托姆很晚才对父母谈到这本小说，他痛苦又极其自负地写道：从我写成这本小说以来已过去很长时间了，痛苦的折磨一再压抑着我。我自己必须考虑到，我就是写它的人。现在事情离我很远了，但从远处我更清晰地认识到，这本小书是德国小说的珍宝，在我以后很长时间，这本小说以其魅力和青春会攫住年轻人和老年人的心。[11,p.41]

　　1882年施托姆给密友信里直白："我的小说是从我的抒情诗里生成的。"[12,p.16]《茵梦湖》的本质是诗，作者把诗的自然段发展成为小说的一个个连续场景，场景之间用沉默填充给读者想象。首尾场景是小说框架结构的两端，绝妙的是内中11个场景互为对称，中间第六场景"一封信"是其对称中心，也是把小说划分成上下两部分的界线。它被称为"场景小说"（Situationsnovelle），又因书中的放弃情调（Resignationstimmung），有人称为"放弃型小说"。

　　更详尽内容参见笔者《茵梦湖（原始版）》一书第3.5节的"框架结构，叙事视角和象征手法"。[1,pp.66-71]

《一片绿叶》(*Ein grünes Blatt*, 1854)

小说是 1850 年开始创作的，大致与《茵梦湖》同期，施托姆原先打算写成格律为六音步诗行（Hexameter）的诗，然而诗的初稿一再修改却没有成功，最后得到的是一篇保留原稿田园特色的小说，迟至 1854 年才发表。这本小说奠定了以后施托姆田园小说的写作模式。[8, p.73]

故事发生在 1848—1850 年间，石勒苏益格 - 荷尔斯泰因地区居民追求与德国统一爆发起义，与丹麦占优势军事力量对抗，进行卓绝但无望的斗争。志愿军士兵加布列尔随身携带的笔记本上记录了这期间的一段往事：他执行任务后要返回河流对岸城市，中途却在故乡的土地上迷路，小憩期间遇到乡间少女蕾齐娜，她邀请他到她爷爷家做客，入夜蕾齐娜领路带他走出林子让他安全返回彼岸。

触动叙事动因是"我"翻阅战友加布列尔的笔记本，偶然发现一片树叶引起读下去的兴趣。进入叙事框内，开篇是与小说同名的诗，也是这篇小说的主题：

> 一片树叶采自夏天，
> 我带着她四处闯荡，
> 让她将来帮我回想，
> 那夜莺的歌喉多响亮，
> 我经过的树林多苍翠。

小说的内容根据这首诗展开。加布列尔以旁观者身份"他"而没有用"我"写本人，这在日记式书面叙事是不多见的。然而，第三人称使他的叙事超越自身的感知范围并加入想象，可以对自身状况作说明、掩饰或批判，例如说主人公原是一大学生或是年轻博士，他躺在草丛半睡半醒时觉得（想象）自己吻了蛇，破除魔法唤醒了美丽公主，公主把他抱起，实际上是坐在旁边的少女双手抱膝正眺望远方草原，当他入睡发出均匀的呼吸声时，（其实只能第三者知道）外界没有其他的声响。

加布列尔从满布士兵坟墓的战地步入密林深处，蕾齐娜和祖父的寂静平和住地、眼前的小茅屋、蜂房、简约晚餐和养蜂生活方式，让他觉得时空上做梦般地穿越到另一个世界。短短的一天内，加布列尔与蕾齐娜从不期而遇、相识到相知。蕾齐娜拒绝她不熟悉且有点害怕的外间"文明"，愿意和她的爷爷相伴养蜂为生，觉得活得自由自在，她不明白为什么"打仗"，她担忧并逼着加布列尔回答，使他终于说出也是作者要表达的心声。

为了你，为了这片树林——为了使这儿不出现陌生的东西，为了使你听不到你听不懂的陌生语言，为了使这儿永远保留它现在的样子，它应该有的样子。也为我们能活着，就能呼吸到纯真、甜蜜、美妙的家乡的空气！

告别时，加布列尔刻意从蕾齐娜头顶上的山毛榉树上摘下了一片叶子夹在笔记本内，叶子日久变成棕色，但在他的心中却是一片长青绿叶，为此他数次纠正"我"的误认，因为这片叶子代表着那个美好夏日他与蕾齐娜的邂逅，也象征着对她的爱。

最后"我"读完笔记本合上，返回叙事框外。

严格意义上与其说《一片绿叶》是小说，不如说是一篇表现爱国情操充满寓意的诗，处处可以看到施托姆特有的大自然景色细致诗意的描写。加布列尔代表为石勒苏益格－荷尔斯泰因独立而战的英雄，他在荒郊丛林漫游遇见的少女蕾齐娜，则是象征面临被占领家园和故乡的人民，歌谣里清楚表明：

再见了，亲爱的母亲！
战鼓声声催人出征。
然而在我的心灵里，
在那一时刻响起
一首德国摇篮曲。

小说结尾还有加布列尔对和平生活，对他和蕾齐娜共同未来的期许的一首诗：

原野上洒满月光，
还像童话中一样美妙，
在那夏天的夜晚，
她还站在树影里。
我在梦中又走上穿过沼泽和原野的路——
她仍在林边漫步，
永远不愿来到尘世。

加布列尔梦见自己吻了蛇解救了被魔咒沉睡的公主，分别那一刻他又吻了蕾齐娜，两者都是代表了他解救少女不让故乡落入敌手的庄严承诺。[8,p.79]

和《茵梦湖》一样，《一片绿叶》也没有内部心理活动描写，施托姆本人不认为是个缺陷。针对《茵梦湖》里缺乏描写人物心理活动即所谓"内涵"的批评，他当时的反应是：我必须向您重复一点：在《茵梦湖》，内涵决不会因为描写出来而受损，……如果可以这样绝对地称为缺陷的话，您把《一片绿叶》里的缺陷推及至我的其他作品了。《一片绿叶》也少见人物脸部和表情细节描写，如果说有，通篇就是短短两处：蕾齐娜的孩童般的"蓝眼睛"和她放飞鸟儿犯错时脸上出现的"红晕"。

最后留给"我"和读者的悬念是，加布列尔到底回去看过蕾齐娜和她的祖父没有？加布列尔没有明确道出，施托姆的小说总留有让读者读后的联想。一种看法是肯定的，从祖父临别时的话："我们还会见面的，年轻的先生，你一定会回来，明天或后天。"以及加布列尔的诗：我在梦中又走上穿过沼泽和原野的路。另一种看法则是相反，绿色树叶变成棕色表明历时已久，暗示蕾齐娜和家园已经陷入敌手，所引用的加布列尔那句诗只是他梦中一种没有实现的愿望。和《茵梦湖》一样，与莱因哈德诀别后伊利沙白怎样与埃利希生活在两人无爱的婚姻中，会让读者遐想不已。

施托姆对这篇小说相当不满意，至少涉及它的结尾。针对默里克同样的指责，他承认结局是有问题的，他说："于我私下而言，蕾齐娜有点寓意性质，她成为故乡的守护神，所以几乎没法纠正整个设想是两性同体（Zwitterschaft）的感觉。"[11,p.146]这里所谓"两性同体"就是无性别特征的人物。

《一片绿叶》的蕾齐娜形象与半个世纪后俄国作家库普林名篇《阿列霞》（Олеся，А. И. Куприн，1870—1938）的同名主人公颇为相似。吉普赛少女阿列霞与"巫婆"祖母生活在偏僻密林中，与"我"的爱情，导致她更加受到迷信村民的不公平待遇和欺凌，最终被迫放弃家园与祖母一起逃离他乡，结局远没有蕾齐娜幸运。

31

《阳光下》（*Im Sonnenschein*，1854）

（本篇小说引文取自马君玉的《阳光下》译文，《茵梦湖》安徽文艺出版社，2004）

这是发生在 18 世纪末有关弗兰西斯卡和他的崇拜者年轻军官康士坦丁的故事。小说由两个时间间距 60 年之久的前后篇组成。发生的地点都在古老的花园，但叙事方式、气氛和情景完全不同。

上篇以第三人称谈几十年前的旧事，大篇幅描述了一对情侣在花园约会憧憬未来的幸福，充满蓬勃朝气和欢声笑语，用到"阳光"这个字眼有七处之多，或许这就是小说名"阳光下"的来由。

弗兰西斯卡漂亮，身段苗条匀称，"她走路的样子真像一只白鹈鸽"。她聪明会算账，可以在办公室帮助父亲工作。自学生时代起，她就和驻防本地的年轻贵族骑兵上尉、一头黑发的康士坦丁相爱并计划以后结婚，他们是一对很般配的爱侣。弗兰西斯卡知道她父亲对军人抱有强烈的保留态度，因为她父亲说过："你知道，我们不能容忍当兵的!"但是，他们的青春激情没有因而受阻。弗兰西斯卡仍然爱着康士坦丁，康士坦丁也坚持对他军旅生活的热情：从城市远处传来骑兵团的军乐声，年轻上尉的双眼便闪光!

一天约会，康士坦丁在花园等候弗兰西斯卡做完手头工作，作者花了颇大篇幅描写他几次扑打一只小虫无果的细节，已经隐喻这个心地善良爱打扮贵族青年的无能。而弗兰西斯卡意志坚定，连结婚这件大事也是她向康士坦丁先提出的。

后篇是六十年后的一个夏日午后，地点在前花园里平日家庭聚会的房间，房间墙壁挂满已故家族成员的肖像。马丁和他的祖母，也就是弗兰西斯卡的小姑子进行例行下午茶会，情景类似小说《茵梦湖》中的家庭聚会。马丁自小对他姑奶奶有深刻印象，每次茶会都会向弗兰西斯卡的肖像看上几眼。那天，修葺家族墓穴的工人打开年久失修的弗兰西斯卡墓穴时，发现棺木里的她胸前带有内藏一缕黑发的圆形饰盒（Medaillon，马译"勋章"——笔者释），而客厅她的肖像胸前也画着它，证实了祖母心中多年来认为圆形饰盒里面装有康士坦丁黑发的猜想。这件事触动了祖母，对马丁叙述起她和祖父的婚礼上，康士坦丁当场求婚被拒绝以及弗兰西斯卡以后的生活，这是叙事框架开始。

祖母回忆她进入这个家庭后经历过的事，祖母道，弗兰西斯卡的父亲当过副市长，是一个硬心肠的商人，对军人抱有绝对的偏见。他的儿子弗里茨到30岁还受他控制被迫放弃了成为学者的理想。在儿子弗里茨的婚礼上，康士坦丁向弗兰西斯卡的父亲求婚被断然拒绝，两人跳了最后一场舞从此诀别。弗兰西斯卡和康士坦丁婚姻失败，在深层次上可以归咎横贯在他们之间的阶级偏见鸿沟，男方毫无所为、退缩和没有抗争也是重要因素。与《茵梦湖》莱因哈德听到富家子弟埃利希猛烈追求伊利沙白时的无所作为本质是一样的。

康士坦丁不久退伍离开了这个城市，买了座小庄园与他未出阁的姐姐一起生活，没有结婚，以后去向作者再没交代。弗兰西斯卡经历这次打击身体垮了，郁郁寡欢，以后的日子里她尽量躲开她的父亲，只在实在必要和被问话时才出声，她用这样方式来惩罚毁了她一生幸福的父亲。她也一直没有结婚，甚至从来不看其他男人一眼，脖子上始终挂着装有康士坦丁一缕黑发的水晶圆形饰盒。她从家里搬出，和从小就相处很好的兄长弗里茨夫妇一起生活，几年后病了，死得很早。

祖母讲完这段往事，叙事结束返回框外。现在祖母再三关照马丁要把圆形饰盒放回到弗兰西斯卡的棺木，"快点把它放回原来的地方，马丁！不可以让它暴露在阳光下！"文中细致地描述出土的圆形饰盒：尽管有一层绿色锈斑，但依然能一眼认出：这是画家在创作姑奶奶这幅肖像时所依照的原件。阳光下，透过光泽闪闪水晶，清楚地看到它中心处的一缕乌黑卷发。[注7]它既是弗兰西斯卡永恒的青春爱情信物，也是她为此付出了终生幸福、过早去世为代价的象征物件。祖母不愿扰动亡灵，吩咐将它放回原处不让见阳光，是祝愿他们在地下另一世界永远不再分离！

弗兰西斯卡老父亲以及他们全家对军人的成见有其历史根源。18世纪下叶延至19世纪初，石勒苏益格-荷尔斯泰因地区军队是由贵族且更多由丹麦族裔子弟组成。由于国土被划分、被占领的历史恩怨，当地日耳曼居民仇视这些军人。与此同时，充满自信和奋斗精神的本地市民社会和其经济势力日益崛起，商人兼副市长的弗兰西斯卡父亲就是他们的代表人物。

弗兰西斯卡本人就自豪宣称："我就是商人的女儿！"又道："你应该明白，我们真的不喜欢当兵的。"在康士坦丁追问"我们"是什么意思时，她直截了当地回答："我们，整个公司啊！"也就是她所属的整个家族与旧贵族的尖锐矛盾。

今天的读者很难理解当年老父亲的反对有如此强大的威力，读一下六十年后祖母的话就清楚了：你们体会不到一双强有力的手悬在你们头顶上方的滋味……只要一听见远处传来父亲手杖的叩地声，我们都会吓得像老鼠那样不敢吱声。不过现在世道变了，祖母在自己的孙子婚礼上见到过新娘，她有一双长得有点像异邦人的黑色眼睛，她祝福这一对新人，他们的婚姻再也不受强势家长的干预或者长得像异邦人容貌等外来因素的阻碍了。

《阳光下》小说主题和结构与《茵梦湖》类似，都是上下篇组成，都是有情人未能成眷属。不同的是，前者充满痛彻心扉的强烈的爱和恨，后者则是被岁月磨砺后深埋心中的淡淡忧伤。引起回忆的动因，《阳光下》是吸引马丁浮想联翩的挂在房间的弗兰西斯卡肖像；《茵梦湖》是开篇老人眼睛跟随月光移向伊利沙白肖像。"肖像"等这类纪念元素在施托姆小说中屡见，例如《身后事》大学生长年随身带着已逝少女的肖像，让他不时回想过往相恋的日子，《一片绿叶》夹在日记本里采自蕾齐娜头顶上的绿叶，触发加布列尔的回忆和思念，与肖像作用类似。

此外，有评论认为小说的后篇缺失了对前篇爱情结合解体的合理说明，老父亲反对当然是解体理由，但显单薄。对此施托姆承认道："遗憾的是后篇缺了对一偶发具体事件的前后说明。我想如果时间合适，我会把它写进去。"这里的偶发具体事件就是指施托姆和朵丽斯之间的关系（事件，原文Verhältnisse，有男女暧昧情事的含义。——笔者释）。但是作者以后没有合适时间了，这"事件"再也不会写入。

这篇小说是施托姆放逐波茨坦期间（1853—1863）未能忘情昔日情人朵丽斯之作。[12, p. 124] 1854 年圣诞节，施托姆给母亲信中预告了这篇小说《阳光下》，附言是：它向你表明，我愿怀着自己想法从难堪的现实逃避到一个怎样的地方。[13, p. 98] 他写给妻子康士丹丝关于这本小说的一句话："为使你喜欢，你再读它一次吧，你会在里面发现我的心。"[11, pp. 148-149]

施托姆曾写道："她（朵丽斯）现在是离开了，但是她无限真挚又完全无望地执着这段爱情，拒绝所有要接近她的男子。"[12, p. 124] 1866 年施托姆在妻子康士丹丝病亡后写给密友信中道："……另一个（朵丽斯）仍在，她远离我单独生活，情绪经常处在压抑依赖状态，渐次老去。"《阳光下》祖母回忆弗兰西斯卡后来的日子：最后几年间，她开始消瘦，日渐体衰，甚至我好几次看到她趴在账本上睡着了，……，她也一直没有结婚，从来不看其他男人一眼，脖子上始终挂着装有康士坦丁一缕黑发的水晶圆形小装饰盒。……几年后病了，死得很早。现实生活中的朵丽斯决心孤独终老与《阳光下》的弗兰西斯卡对爱情的至死不渝相似。而且《阳光下》写在1854年，简直是朵丽斯以后命运的谶语！

　　最后说明本篇的弗兰西斯卡和她的父亲的原型是施托姆的姑祖母弗兰申（Fränzchen Woldsen，1766—1795）和曾祖父弗里特里卡（Frederica Woldsen，1725—1811），[9,p.46]弗兰申在她的婚礼举办前夕死去。目前，施托姆纪念馆里（http：//www.storm – gesellschaft.de/museum）保存着施托姆后人2004年捐赠的弗兰申肖像和她用过的扇子。小说中弗兰西斯卡的遗物中同样有一把扇子（Fächer，马译"镶金扇"）。由它们的实物照片看出，弗兰申的肖像和小说里描写的一样，也有一红色圆形胸饰，扇子则是18世纪下半叶欧洲上流社会流行的中式折扇，扇面上绘有代表爱情和婚姻、安居在巢内的一对鸽子，扇骨雕刻还嵌入了相信是取自弗兰申本人和她未婚夫的头发。

《安格利卡》（*Angelika*，1855）

（本篇小说引文取自江南的《杏革莉卡》译文，《茵梦湖》长江文艺出版社，2010）

与《茵梦湖》一样，《安格利卡》也是"放弃"型小说，作者以旁观者身份力图客观地叙事。小说分成三部分：上篇中，埃尔哈德穷得娶不起自小和他相爱的安格利卡，又没办法忘情不爱，安格利卡钟情于他，但也渴望富足有娱乐的生活，这是他负担不起的。中篇是年青医生趁虚而入向安格利卡求爱并得到她母亲允婚。她徘徊在爱情和物质生活追求两者中，此时埃尔哈德不期获得一个好位置，带着思念和为将来建立家庭的责任出外谋生。下篇是他离家一年后社会形势和思潮大变，传统人和人之间关系的种种桎梏被打碎，埃尔哈德认为与安格利卡结婚有了希望，急忙赶回故里见她。但他登门拜访不遇并听说她已答应了医生再次求婚，于是心灰意冷离开。不久，他获知医生结婚前夕暴卒的消息，友人认为是他与安格利卡复合大好机会，但是埃尔哈德经过内心一番挣扎后觉得，他与安格利卡的爱情终于结束了。

《茵梦湖》的莱因哈德缺乏勇气向伊利沙白表白造成终生遗憾，《安格利卡》的埃尔哈德如同一辙，限于自己的社会经济地位而自卑，一直缺乏表白的勇气，不敢公开他和安格利卡的恋爱关系，也没有全力以赴实现目标的决心，矛盾中反复思量错过了时机。《茵梦湖》没有挑明莱因哈德和伊利沙白关系的社会因素制约，《安格利卡》则做了明确解释，"他（埃尔哈德）的文化程度和对外周旋能力还不允许他做其他奋斗的尝试"，"在年青时代行将结束的年岁他方踏进社会，他要建立一个家庭似乎是渺无希望的"，以及"倘若她真的成为他的情侣，他有什么办法不让她的身心渐次憔悴？他一无良策"。

文中埃尔哈德向大自然呼唤，作为一种手段得到虚幻的回答来释放自己的心理压力：不过他曾多次在大自然中恢复自持，此刻大自然又一次帮助了他。大自然对他没有逼迫，也没有任何索求，却使他渐渐冷静下来。

埃尔哈德后来有重新获得安格利卡的机会，但他放弃了：他跪下身子，向她伸开了手臂，痛楚而又充满激情地呐喊她的名字。不过他所呼喊的安格利卡并没有来，再也不可能来了。她的幻影，那个由于他回忆往日爱情而在夕阳余晖中又一次显现的幻影，恐怕在全世界也只有在他的心胸中才会出现了。

在这之前，作者就描述过他们各自的心理变化，为埃尔哈德最后的决定预先作出了解释，安格利卡一方是：就这样渐渐地形成了双重心理状态……其中一个依然眷恋他的眼神……另一个却一点儿也不理解他的衷肠。埃尔哈德那一方则是：他抑制着自己胸中的悲鸣……并在这个（安格利卡）心醉神迷的形体里辨认出一个陌生的人。安格利卡要和医生结婚意味着，埃尔哈德的一个陌生的安格利卡变成现实，眷恋他眼神的青梅竹马恋人已成幻影，在今天的安格利卡身上不复存在。埃尔哈德崇尚追求的是道德上没有瑕疵的爱情，否则他放弃复合的理由令人费解。本篇一反前几篇小说的风格，加入了观察敏锐的长篇心理分析，这是施托姆艺术发展的一个重大标志。

舒茨（P. Schütze, 1858—1887）谈到，《安格利卡》的创作题材源自施托姆的诗《风信子》（Hyazinthen, 1852），施托姆把它提升为中篇小说，可惜难觅舒茨的原文未知其详。[11, p. 149]风信子的生物特性是花期过后若要再开，需剪掉濒临枯萎的花朵，所以风信子文学上象征着忘记过去悲伤开始重生，与《安格利卡》的埃尔哈德最后选择的寓意相合。《风信子》诗里有一名句："我想安睡，你却愿去跳舞。"被托马斯·曼的小说《托尼奥·克律格》引用，反映克律格和英格这对恋人志趣相异而导致分道扬镳。本篇则是埃尔哈德和安格利卡诀别。《风信子》诗里女主人公的形象是这样描写的，"我看着你那白色的衣裙飘过，看到你那轻快温柔的风姿"，这应该也是安格利卡在市政大厅舞会上的写照。

《安格利卡》和《茵梦湖》的划船相似的段落如下。[9, pp. 259 - 260]

《安格利卡》：一天傍晚泛舟湖上……安格利卡和埃尔哈德并肩坐在船舷。……他让自己的手在船舷外面划破水面滑动，她也学着他这样。湖水从他们两人的指缝中流过……晚霞已经消退，湖上一片昏黑，天空露出稀疏寥落的星星。

《茵梦湖》：她不再说话；他们并排着默然地朝湖面走下。空气闷热，西方呈现黑色云团。"风暴要来了。"伊利沙白道……两人沿湖堤快步走起，来到他们的小船。小船划行时伊利沙白把手靠在小船的船舷上 ……伊利沙白感觉到他的眼睛停留在她手上，她让手慢慢越过船舷滑入水里。

比较《安格利卡》和《茵梦湖》里母亲的形象，两者都是要把女儿许给殷实人家。安格利卡母亲家境优渥有女仆使唤，拆散女儿和埃尔哈德尚有点愧疚，而伊利沙白母亲眼光势利，毁掉她女儿和莱因哈德关系毫无愧色，觉得理所当然。

《安格利卡》：安格利卡的母亲对她女儿的未来并无过高期望，只想看到她的女儿成为人家的妻子，成为孩子的母亲，像她自己如何成为这种类型的妇女那样。母亲要女儿嫁给医生，在她的支持下医生开始追求安格利卡。与此同时她开始冷淡埃尔哈德，她胆怯地说道："你只管走吧，你只管走吧，埃尔哈德！也许得到上帝的保佑，一切会重新顺利的。"并重复自己是一个孤独的老太婆这种安排也是无奈，因为她看出安格利卡以后的命运也和她一样，出嫁，变老，变孤独：安格利卡，她也将是一个孤独的人，……她也愿意会是个孤独的人！母亲的话不幸言中，医生婚礼前暴卒。

《茵梦湖》伊利沙白母亲专横独断，工于心计。她的经济状况极其普通，为自身日后考虑，力促伊利沙白与埃利希的婚姻。她有意请埃利希为伊利沙白画像以增加两人的接触机会，称赞埃利希是一个可爱、明理的年轻人，在女儿面前数落莱因哈德不再像以前那么好了，表明自己态度取向。当然，莱因哈德的自身行为过失和不作为以及富家子弟埃利希的巴结和物质允诺应该是最主要原因。若干年后，母亲再遇莱因哈德，手臂上的一个钥匙筐，意味着她如当初所愿掌控了庄园，她拉开距离冷淡地称呼莱因哈德为维尔纳先生："哎，一个不期而遇的客人，确实是太妙了！"世间人情冷暖尽在其中。施托姆小说中，母亲扮演的角色历来耐人寻味。

再读读《安格利卡》中结尾的一段：她曾帮他勾起一桩往事的回忆，过去她曾将头发偎贴在他的面颊上。一个面色洁白，结着金黄色发辫的小姑娘将一只小凳子拖到他的膝前，睁大一双眼睛仰望着他，再专注地倾听他朗读故事，直到他将一只手搁在她的头上，最后这小姑娘又悄悄地爬到他的膝盖上。想来几十年后盖尔特鲁德的《茵梦湖导言》直接引用了它：台奥多尔和贝尔塔逗留在后厅，落日阳光将它最后的、变幻成金色的光束投射进来。他坐在他去世舅舅有靠背和扶手的椅子上，而她靠近他脚旁的踏凳上坐着，身体信赖地靠着他的膝盖。于是他开始讲古老的故事。

施托姆一直钟爱这类白色衣着少女的形象，本篇中埃尔哈德追踪夜色中安格利卡车座上的身影，"但是他的目光仅捕捉到面纱的一角，或是一件洁白衣裳，要不就是一束花映射的微光"，"她那包着洁白头巾的头微微向后仰着，使得金黄色的鬈发从两鬓倾泻到脖子上"。《茵梦湖》也有类似的句子，"花园门前地毯上坐着一个少女般的白色女人身影，她站起来迎向进来的人们"，"莱因哈德看到原先在大雨滂沱湖畔树旁等候的白色身影缓缓离去"。《阳光下》的弗兰西斯卡："然后，我就在你身前身后奔来跑去，非要让你注意到我那件白色衣裙，我才甘心。"《身后事》："被少女那长期拢合在寂静心上的双手拥抱。白色身影紧挨着他。"《在施塔茨庄园》中马克斯和穿白色夏装的列娜马克斯练习舞蹈，都是白色。

最后说明，除了《阳光下》外，《安格利卡》是施托姆放逐波茨坦期间未能忘情昔日情人朵丽斯的又一作品，关于这点，迟至小说发表十几年后在施托姆1866年5月给友人信中得到证实，时间是他与朵丽斯再婚前夕："还是再读一下《安格利卡》吧，那就是她（朵丽斯）本人，只不过她身体不像这位那样单薄虚弱了。按她的说法，她是随爱情而出生，她10岁那时，爱情让她遇见了我，确实是真的，她拒绝了所有男人接近示好。"[11,p.149]

《在施塔茨庄园》（*Auf dem Staatshof*，1859）

Staatshof（施塔茨庄园）的英译名"末日庄园"（The Last Farmstead）更为达意，考虑到读者方便查找国内已有译文和资料，本文就不作变动了。[注8]

施托姆早期小说里，《在施塔茨庄园》可以说是仅次于《茵梦湖》的杰作。它是施托姆以第一人称完整写完的第一本小说，摆脱纯粹描写男女失意恋爱主题，开始讲述当时德国社会和地区经济变迁的故事。所描绘的没落容克贵族对未来的绝望、冉冉上升资产者的骄横和咄咄逼人姿态、消极保守市民无力改变现实的挫败感，都反映出当时的社会现实。

小说一开始的那段话很值得玩味：我只能个别的（einzelnes）叙述，只能叙述发生了什么，而不是说怎样发生的。我不知道它怎样地结束，不知道导致这结束的是一种行为（Tat）还是一个事件（Ereignis）。它点点滴滴地给了我怎样的记忆，我就怎样地叙述。句中"个别的"是指各个场景，行为和事件除了两者共有的"做了什么"含义外，前者还需考虑它的动作者。作者直言声明，它是间断和被动的不完整回忆的记录，他对所叙述的不作任何解释，从而给小说里带来某些不确定性让读者想象。这段话实际是施托姆早期小说写作手法的小结。

施托姆专门聊鬼故事的小说《壁炉边》（*Am Kamin*）在 1861 年出版。由于《在施塔茨庄园》和《壁炉边》两者写作年份相近，所以有说法《在施塔茨庄园》是脱胎于类似《壁炉边》里面的传奇故事。当然，也有从《在施塔茨庄园》小说结构完整性来反驳这种论据不成立。[14,pp.38-39]施托姆一向重视他的小说的口头表述，认为从听众的现场反应，可以判断作品能否达到作者的预期效果。在一次口头朗诵会上，他把这一思想阐述得更加明确，针对听众对他讲《壁炉边》鬼故事的现场反应，说他的故事不完整和听得不满足，施托姆道："是啊，（你们的反应）符合事实。你们是能识别出它们的真实性的，这类故事总是一定少了些东西让人觉得不满足，但是，这种觉得不满足最终会获得最高的艺术享受。"由此可见，施托姆期望读者能品味出他文字背后隐藏的东西，能发现他没有说出的包括思想和没有披露的情节。施托姆有这种想法很自然，他写小说，同时他也是诗人，写诗讲究精练、意境，尤其是含蓄，不是要把所有的内容都事无巨细交代得一清二楚。同样本篇《在施塔茨庄园》留下若干细节让读者品味和想象。

（从这里开始，小说引文取自米尚志的《在施塔茨庄园》译文，《茵梦湖》长江文艺出版社，2010年）

故事是由主人公马克斯拼凑起来的不完整回忆。马克斯与列娜是青梅竹马，一直单恋着她，列娜和她祖母一起在祖辈仅留下的财产施塔茨庄园里生活，马克斯的父亲是祖母家族的律师。列娜心地善良，贵族出身意识非常强烈，小时候她与马克斯练习跳古典小步舞，就明确拒绝出身低微的马克斯玩伴西蒙在场。列娜祖母过世后，马克斯的双亲负责照顾这位孤女成长。在监护家庭里，她总挂着代表家族荣耀的钻石十字架，坚持戴昂贵的英国手套做日常家务，让节俭的马克斯母亲无可奈何。她也倾慕马克斯，却从来没有要嫁给他的念头。马克斯回忆道：列娜虽然和我生活在同一房檐下，但我们一起玩的时间比起以往周日并不多。……自童年时代，我就深爱着列娜。由于她没有回应，我这种情感没有进一步发展。马克斯母亲看出两家社会层次悬殊，进行干预减少他们两人接触机会，让在外地读医科大学的马克斯专心学业，只是假期回来看望。后来马克斯从家信得知，列娜与一个素未谋面的势利贵族青年订了婚，婚姻对她是一种门当户对的理性选择，双方是否有真正爱情则是次要的。虽然如此，它并不妨碍列娜对婚姻的认真态度和投入她的情感。但终敌不过家业破产的严酷现实，施塔茨庄园被逼出售，列娜变成穷人，未婚夫毁约断了音信，列娜因而身心疲惫健康极度受损。

在新来的庄园主佩特斯呼朋唤友举办的即兴舞会上，她拒绝了佩特斯的示爱表示。她知道马克斯对她不离不弃，一直爱慕和欣赏她，与他共舞时也曾一度动了心。她微笑着，而且张着嘴，细嫩的红唇后露出两排雪白的牙齿。她那强烈的青春热情贯注了全身。不一会儿，我已看不到我们周围旋转的一切，我单独和她处在一起，这个世界消失了……我们又跳了起来，我们又跳了很长时间。可是，她还是沉湎已失去的奢华贵族生活氛围无法自拔。中途她和马克斯离席去花园散步。花园里有一座用支柱架在湍流上的亭子，它是过往繁荣辉煌日子的象征，但由于里面木地板失修朽坏，使得进入亭子的列娜踏空落水不幸身亡。

作者描述了不同社会阶层出身的四个人物：马克斯、列娜、列娜未婚夫和佩特斯在现实生活中的碰撞。

马克斯出身市民家庭，生活学业一帆风顺，对生活充满信心。他同情列娜的坎坷命运，但他不能理解她悲观和逃避的深层原因。当老妇人维普埋怨他离开两年之久时，他回答道："我能够改变什么？"他归咎自己在这等事情上无能为力，实际上是主观有意识的不作为和某种程度自私。

列娜自小失去父母，贵族出身自视甚高，祖母死后她成为孤儿被收养，饱受人间冷暖，她了解到自己先人不光彩历史后一度精神崩溃，经济破产遭未婚夫毁约，健康因此一蹶不振，这一连串事件使她对人生再无留恋。收购她庄园的富家子弟佩特斯显然能帮她摆脱目前的经济困境，但是她矜持地拒绝了这个庸俗资产者。马克斯曾再三劝他走出过去阴影回到现实，她保持沉默没有回答。她了解马克斯，出于爱护不愿他受到自己的拖累，更不相信他有能力带她走出生活深渊。

列娜未婚夫，一个冷酷阴鸷的年轻贵族，描写他品性有两个代表性场景。其一，他极为无礼，贴近马克斯母亲眼前就用手猛挥抓小蚊子，然后用笔尖来回涂抹折磨那小生物，反复地戳它，直到厌倦一下戳死为止。其二，他对列娜疑施行了暴力。马克斯见到，他刚离开，小苹果树下的列娜仍然双眼木然手紧捂胸上，树梢不停震荡表示小树经受过强力推搡，列娜双臂垂下不回答马克斯问话，显然要掩饰些什么。

佩特斯是新兴资产者代表，热衷生活享受，充满活力和野心。他在"干草山"房子原址上重建了一座现代住房，房间里布置了最贵重的家具，与舞会上结识的安娜过着惬意生活，显得十分健康和快乐。他的庄园供应最大的肉牛运往英国，"他过去说得对，他是有福分的"。

小说里用到的象征物和动作有豪华建筑、细柱支撑亭子、渡鸦以及马克斯害怕进入亭内等项，以下分别说明。

1. 豪华建筑和细柱支撑亭子，代表小说开始那个时代，守旧的社会结构虽然表面光鲜，但是（文中出现了三次）"细柱支撑"隐隐道出这个社会根基其实并不坚固。小说最后，这个昔日豪华建筑果然风光不再，建筑物内没落贵族生活残留的霉味气息扑面而来，亭子里壁画斑驳褪色，地板霉烂，它的坍塌直接导致列娜失足溺水而亡。

2. 渡鸦（Raven）类似乌鸦，羽毛黑亮、个头更大且叫声凄厉，由于吃腐肉生物特性，代表着灾祸、死亡和来自另个世界等寓意，是一个不祥之物，在小说开始和结尾出现过。

3. 马克斯自小害怕进入亭子，为他没有马上随列娜进入亭子迟疑做了铺垫，他下意识预感它是险地，最后亭子果真成为列娜死亡的主因。更深的层次可以解释成他和列娜不同，他不愿为这个腐朽社会无谓陪葬。

小说框架结构内包括了跨度达二十年的七个连续发展场景，列表如下：

场景	场景内容	时间跨度
框外	点出小说的叙事方式，强调马克斯的认知有限。	
1	框架开始， 四岁的马克斯第一次访问施塔茨庄园。 象征物和象征动作出场：豪华的建筑，细柱支撑亭子，渡鸦， 马克斯害怕进入亭内。	一天
2	列娜和马克斯练习古典小步舞，列娜排斥贫穷孩子西蒙在场， 列娜离开施塔茨庄园去城里生活。	几年
3	列娜祖母身故，列娜接受在马克斯的家的监护生活。 孩子们去施塔茨庄园玩，见到濒危亭子被锁住。 列娜长大。	若干年
4	入学前马克斯告别访问施塔茨庄园， 佃农对列娜嘲笑，马克斯被无意卷入。 女乞丐讥讽列娜的现在，数落她祖上丑陋过去，诅咒她未来会遭报应。	一年
5	列娜订婚，期望规避预期的财政灾难，马克斯讨厌她的未婚夫。 未婚夫对列娜的眼神以及他玩弄小蚊子后再撕碎它的凶残。 苹果树下未婚夫疑对列娜施加暴力。	两年
6	列娜变穷了，贵族未婚夫抛弃了她，婚约解除。 她烧毁掉所有通信，接受命运安排。 她不愿意回城里生活，下决心学习家务将来当管家谋生。	几个月
7	这是篇章最长的场景，几乎是对以上各段内容的总结回顾。 施塔茨庄园舞会，昔日风光不再，豪华房间里一股霉味迎面扑来。 马克斯和列娜散步，乌鸦再度出现。 马克斯没有进入亭内，细柱支撑亭子的霉坏地板坍塌，列娜落水溺死。 框架结束。	一天
框外	回到现在，佩特斯成为施塔茨庄园新主人。 马克斯永久离开施塔茨庄园。	

　　最后一个场景里，马克斯在夜间静默环境中听到了来自前方大海的咆哮声，暗示走在前面列娜的内心不宁静和其后行为不可预测：两人离开舞会散步到沿河小径上，列娜前面走远了，马克斯倾听到一双小脚发出嚓嚓声……由于我的耳朵被唤醒了，所以我听到远处波涛的澎湃声，那些波涛在明亮的黑夜翻滚在荒芜神秘的深海上，然后被后面汹涌而来的浪潮抛在海滩上。一种空虚和失望的感受向我袭来，我不由自主喊出列娜的名字，并向她伸出双手……没什么，列娜，快把你的手给我，我把大海忘了，我刚才听到它的咆哮声！

　　描写列娜落水时的一段文字具有浓厚象征意味：我感到我眼睛涌出泪水"噢！列娜！"我喊着并踏上通向亭子的台阶。"我，我拉你，给我手，我知道回到世界的路！"但是列娜向前弯身，用双手做了个急切防范动作，"不"，她喊道，声音里有极大恐惧，"你不要，马克斯，原地不动，这里载不下我们两人！"可以把它解释为马克斯要求牵手列娜（结婚），拉她返回真实世界生活，而列娜拒绝了，她害怕，她要求保持现状，不只担心自己的处境，而且担心结婚会将两人一起拖入未知深渊。

　　关于列娜落水是意外事故还是蓄意自杀行为，马克斯是否有过失应负道义上责任给读者留下想象。从文中字面来看是意外，但是根据马克斯的回忆，有太多的迹象指向是列娜蓄意自杀。当马克斯赞美现实世界的怎样美好时，她对比自己年长的马克斯反而道："你还那么年轻！"她为那个不忠实的未婚夫辩解道："他这样不是不对的，谁会把这样家庭的女儿带走呢！"这两句话表露列娜对自己的前景和婚姻绝望。她不顾医生警告，舞会上疯狂跳舞有意毁坏自己的健康。最重要的，是她本人主动有意先踏上了她知道快要坍塌的亭子的门槛，根据马克斯的回忆，她轻轻地躲开了我，踏上凉亭的门槛。在亭子里她感叹说的最后一句话："现在一切都倒塌了，我无法忍受这个，马克斯，他们单单把我扔下了。"在马克斯这一方，是他提议她去花园散步的，也是他没有力阻她进入亭子，他有责任。列娜落水前马克斯叙事回忆有一段空白，没有交代他自己踏上了台阶后有没有踏进亭内的动作，这是留给读者品味和想象，引发对马克斯动机的诸多甚至负面的猜测。

　　最后简单把《在施塔茨庄园》与《茵梦湖》比较，其中第一和第二点在施托姆小说中是经常出现的。

1. 两者开始都发生在风景如画的田园；

2. 男女主人公从小相识、相知直到成年；

3. 因为某种原因（莱因哈德上大学后的变化，列娜的贵族心态）造成两人不能结合；

4. 再度重逢已时过境迁（伊利沙白已婚，列娜被抛弃），回不到过去；

5. 程度不一的悲剧结局，莱因哈德不辞而别离开茵梦湖庄园不会再来，列娜溺水身亡后马克斯永远告别施塔茨庄园；

6. 留下的未解悬疑问题：貌似光明出走后的莱因哈德为什么仍孤独终老，伊利沙白和埃利希后来的生活会是怎样；列娜身亡是意外事故还是自杀，这件事上马克斯有没有过失和应有的负罪感；

7. 小说主人公马克斯、列娜、佩特斯和马克斯的母亲，与《茵梦湖》的莱因哈德、伊利沙白、埃利希、伊利沙白母亲角色颇为相似。

以上八篇小说的回忆叙事、写作和特点：

写作和出版年份\比较项	回忆/叙事的方式	回忆主题	回忆/叙事的动因	回忆者/叙事者	主要回忆对象
玛尔特和她的钟 1847/1848	询问下玛尔特被动回忆，口头叙事	早年两个圣诞夜晚	老座钟	玛尔特/第三方"我"	玛尔特一家
大厅里 1848/1849	祖母主动回忆，口头叙事	60年前的祖父母生活	要修葺天花板和搁板	祖母/家庭主人	当年祖父母
身后事 1849/1851	大学生主动回忆，书面叙事	大学生与少女的秘密交往	忏悔	大学生/第三方男	已故少女
茵梦湖 1849/1850	触景生情引起回忆，书面叙事	莱因哈德和伊利沙白爱情悲剧	月光照到伊利沙白小照	莱因哈德/第三方男	莱因哈德和伊利沙白
一片绿叶 1850/1854	谈话让加布列尔被动回忆，书面叙事	加布列尔与蕾齐娜邂逅	棕色树叶	加布列尔/第三方"我"	蕾齐娜
阳光下 1854	修葺引起祖母被动回忆，口头叙事	弗兰西斯卡一生	发现弗兰西斯卡的胸饰	祖母/马丁	弗兰西斯卡
安格利卡 1855	埃尔哈德主动告白，书面叙事	埃尔哈德与安格利卡爱情悲剧		埃尔哈德/第三方男	安格利卡
在施塔茨庄园 1858/1859	马克斯主动告白，书面叙事	列娜的一生		马克斯/第三方男	列娜

续表

写作和出版年份/比较项	结构	场景数	象征物/信物	小说主题	留下的想象
玛尔特和她的钟 1847/1848	框架	3	座钟和家具	怀旧	无
大厅里 1848/1849	框架	3	老观赏花园，秋千	旧社会架构与新思想碰撞	无
身后事 1849/1851	框架	5	墓碑，白玫瑰花圈	大学生赎罪和忏悔	少女死后大学生心态转变过程
茵梦湖 1849/1850	框架	11	草莓，金丝雀，黑色湖水等/石楠花	如民歌《依我母亲心愿》所述	莱因哈德孤独终老是追求自我完善或其本性使然？伊利沙白埃利希后来生活
一片绿叶 1850/1854	框架	3	棕色枯叶	如诗《一片绿叶》所述，收复被古领失地的爱国主义情操	加布列尔后来是否见到少女蕾齐娜和她的爷爷
阳光下 1854	框架	2	弗兰西斯卡的圆形胸饰和镶金胸饰	恋人无力与社会习俗斗争，生离死别	康士坦丁的下落
安格利卡 1855	直陈			埃尔哈德无作为放弃，诀别安格利卡	安格利卡的终局如其母所预言
在施塔茨庄园 1858/1859	直陈	7	豪华建筑，细柱支撑的凉亭，乌鸦等	古老贵族败于新兴资产者。德国社会和地区经济剧烈变化	苹果树下未婚夫施加暴力，列娜身亡意外还是自杀，马克斯的责任和过失

写作和出版年份/比较项	主要特点
玛尔特和她的钟 1847/1848	座钟和家具的拟人化细腻描写
大厅里 1848/1849	作者早期小说少见的大家庭宽容、和解和温馨场面
身后事 1849/1851	亡者开始成为作者小说的一个写作主题
茵梦湖 1849/1850	精致的框架对称结构；诗的自然段发展成小说的线性连续场景；沉默填充场景之间空隙，留给读者想象和参与空间
一片绿叶 1850/1854	奠定了作者今后的田园小说写作模式
阳光下 1854	
安格利卡 1855	作者小说自此开始加入心理分析
在施塔茨庄园 1858/1859	作者小说自此开始涉足社会和经济问题

几部与《茵梦湖》相似的德文小说

《野花》《乔木林》《白马骑士》《托尼奥·克律格》

德语作家施蒂弗特（A. Stifter，1805—1868）写作语言朴实生动，文词优美富于诗意，对自然风景尤其是故乡波希米亚森林的描绘亲切感人。罗斯（L. Rösch）提出，在施托姆和施蒂弗特的作品里，框形叙事的小说结构，描写太阳出没、月夜、暴风雨、黑色湖面，特别是各种色彩情调的树林都占有重要地位，他们都喜欢选择孩子、情侣和老人作为创作对象。罗斯举出施蒂弗特的作品《野花》和《乔木林》作为例子[15]，用作对比的《茵梦湖》引文阙如由笔者已有译文补全。[1, pp. 2 - 26]

《野花》（*Feldblumen*，1840）。《野花》里暴风雨来临前的花园景象：他们在漫游；我和他们之间隔着叶子繁茂的榆树枝杈，我看见她的手搁在他手臂上。随后我还看到白色衣服在树杈之间闪过，再后来就没看到了。但我依然久久地盯着原来那个地方看，那儿是空空的，整个花园也变得空空荡荡的了。东方深蓝色暴风雨云堆正缓缓地生成，衬托出孤伶伶的白塔，天气变得闷热起来。花园里再没有鸟儿鸣啭，我把额头靠在座位旁的金合欢树树干上。暴风雨真来了，那两个正在散步的恋人被雨淋得湿透地回家了。

《茵梦湖》描写莱因哈德和伊利沙白秘密遇见的段落：一个晚上，……硕大雨滴很快透过树叶落下，他浑身湿透，……天几乎黑了；雨还密密地下着，当他走近"晚凳"时，他相信，在挺拔的桦树树干之间分辨出一个女子白色身影，她不动地站着，他走近去辨认，他认为她正朝向他，好像在等待谁似的，他相信这会是伊利沙白，于是他迈开快步要赶上她，然后和她一起经由花园回屋，这时她却慢慢地转身消失在那黑暗的侧道里。

《野花》里主人公感叹道：我知道那个旋律，它是舒伯特为歌德的诗

《湖上》（*Auf dem See*）谱写的；我能发自内心逐字逐句跟着唱下来：

"眼睛啊，我的眼睛，你朝下看什么呢？

金色的梦，你又回来了？

梦，那怕是金子，你走开吧！

这儿有的是生命，有的是爱情！"

唱着唱着，我的眼泪夺眶而出。

《茵梦湖》中"依了我母亲的意思"场景里的民谣：

"所有骄傲和欢乐，

我换来却是悲伤。

啊，如果这从没有过，

啊，我可以去乞讨，

遍走褐色荒郊！"

莱因哈德读的时候，他感觉到纸上有觉察不到的颤动；他读完了，伊利沙白轻轻地把她的椅子推后，默默地走下花园。

两首诗都是表达宁可舍弃财富也要追逐纯洁爱情的心愿。

《乔木林》（*Hochwald*，1842/1844）。《乔木林》里描写湖水的文字：云层的宽大阴影徘徊着，最后移到房子和草坪上空，黑黑的、平平的一大片，只有一丝慵懒的午后阳光透过云层投射到船上。鸟儿如炫目的白色斑点，在渲染成绿红色晚霞中绕着布满云杉的山坡盘旋。人们离沼泽地的堤岸更近了，只见岸边是一大片长得杂乱无章的树干，这时船近得可以分辨出树干上每支小树杈，空气和湖水像是凝固似的，已经能看清晒着太阳的青蛙从湖面树身跃出，激起的浅浅波纹相互推揉，几乎到达浮子的位置……

《茵梦湖》中的黑色湖面描写是这样的：树林默立着，把它的黑影远远地投射到湖面，湖心处在沉闷的朦胧月色中，时而透过树林的轻微沙沙声令人不寒而栗；…… 不熟悉的湖水是那么黝黑从四周包围着他，他听见后面一条鱼儿跃起；突然他觉得这陌生环境令人恐惧，于是他大力地扯碎纠缠在一起的植物，急得透不过气地游向陆地。

可以看出在描写自然方面，施托姆和施蒂弗特都能把色彩、声音和氛围交织整合成一幅富有情趣的画面。根据这两本小说的出版年份，施托姆应该知道它们并读过。但是，罗斯在文末强调，《茵梦湖》这些描写不能说是模仿施蒂弗特的仿作，而是出自施托姆的自然观和世界观的创作。

《白马骑士》（*Der Schimmelreiter*，1888）。《茵梦湖》和施托姆另一本杰作《白马骑士》的相似性引起研究者的注意。[12,p.92] L. Amlinger 将《白马骑士》中显得稳重、可信赖的主人公豪克与年轻、做事不可靠的莱因哈德，以及将工作生活充实、积极主动的艾尔凯与处处显得被动、内心空虚的伊利沙白作全面比较。莱因哈德和伊利沙白由于内心虚弱，无力对抗外界恶劣环境，失去了两人的幸福；反之，豪克和艾尔凯面对黑暗的周边环境，内心表现坚韧。沉默和缺乏交流导致莱因哈德和伊利沙白情感破裂，豪克和艾尔凯之间则表现出他们的心灵息息相通。莱因哈德和伊利沙白都是生活和事业的失败者，原因是他们既没有开诚布公的忠诚关系，也不能协调他们的内心思想来共同抵御外部世界，豪克和艾尔凯则是结成平等伙伴关系，齐心协力共同斗争。莱因哈德为他的学术追求牺牲了爱情，孤独终老，而豪克和艾尔凯获得了他们追求的个人快乐和事业成功，最后即使面对死亡，仍然能够固守他们忠贞不渝的爱情。

《托尼奥·克律格》（*Tonio Kröger*，1903）。托马斯·曼（Thomas Mann，1875—1955）称自己这本半自传体小说是"当代有问题且持续变化着的《茵梦湖》"（Modern – Problematische fort gewandelter Immensee）[16,p.434]，换言之，他读了施托姆这篇小说后，按照自己理解和思想，重构了《茵梦湖》的现代版本。阅读《托尼奥·克律格》等于了解托马斯·曼怎样诠释《茵梦湖》。[16,p.452] 小说的主人公托尼奥读过《茵梦湖》，是莱因哈德式的人物，也是托马斯·曼本人年青时代的内心希望和外界现实矛盾的写照。

他突然想起施托姆《风信子》诗中的妙句："我想睡觉，你却愿去跳舞。"

他正在窥察自己的内心，有着那么多的悲伤和思念。为什么他坐在这里？为什么他不坐在自己小房间读读施托姆的《茵梦湖》，向外看看夕阳下的花园，那里老的核桃树被沉甸甸的果实坠得嘎嘎作响。那才是他的位置所在。

当托尼奥感叹自己暗恋着的女子英格时道：

在这儿，他感到自己就在英格身边，虽然他只能孤独地站在远处，费力地在屋里那片嘈杂的嗡嗡声、谈笑声中辨别她的声音："啊！你这个有鹅蛋形脸庞、微笑着的碧蓝眼睛和满头金发的英格！只有像你这样没读过《茵梦湖》、也不想有过类似《茵梦湖》的人，才能是美丽和无忧无虑。这真是个悲剧！"

两本书题材和情节类似，都是描写失意诗人的生涯。《茵梦湖》里的人物莱因哈德、伊利沙白、莱因哈德同学兼好友埃利希，以及爱慕莱因哈德追踪不舍的吉普赛歌女，这些角色在《托尼奥·克律格》里分别对应于托尼奥、英格、娶了英格的托尼奥同窗好友汉斯、始终暗恋着托尼奥的玛德莲娜。

莱因哈德和托尼奥的青年时代经历过刻骨铭心的爱情，莱因哈德和伊利沙白是青梅竹马的总角之交，托尼奥爱过他的中学同学汉斯，以后在舞会爱上了英格。但是他们忽略了或是苦于没法与心上人沟通，与所爱的人失之交臂。混迹社会多年后，他们返回故乡试图寻找失去的爱情，最终空成遗憾。莱因哈德受埃利希邀请访问茵梦湖庄园，未能说服伊利沙白，失望后不辞而别，虽然在离去那清晨眼前展现一片光明，但回到叙事框外，看到他仍是孤独一人终老，这样的结局或许是他本人的宿命，或许也是时代使然。托尼奥与他的知己画家丽莎维塔长谈讨论后回到十几年前离开的家乡，舞会上遇见了英格和汉斯以及依然爱慕他的玛德莲娜，但他们没有任何交谈。他失落，然而也欣喜看到他爱过的两人终成幸福眷属，是这悲情故事中看到的一丝光明。托尼奥决定回到南方的阿卡狄，那里有知己丽莎维塔，但他始终未能忘情他仍爱着的英格和家乡的人们。故事将近结尾处，托尼奥一人在黑暗房间埋在枕头里喏嚅着爱人的名字，回顾过去至今的时日。这情景与莱因哈德在夜色朦胧房间里看着伊利沙白小照，轻轻喊出她的名字追忆遥远的过去何其相似！

托尼奥写给丽莎维塔的最后信中道：在我写这封信时，海对我咆哮作响，我闭上眼，我看到一个非天生、虚幻、可能是有序结构的世界，我看到成群身影向我招手，我竭力吸引他们过来以便解救他们，包括那些悲惨的和可笑的，以及既悲惨又可笑的人们。

他又写道：你不要嘲笑这份爱情，丽莎维塔，它是美好和富有成果的，里面有渴望思念，犹豫妒忌，一点轻微蔑视和完全纯洁、至高无尚的幸福。

信上这两段话，代表他后半生可能要面临的一个阴暗的，又或者可能光明的未来世界。托尼奥和《茵梦湖》已老去的莱因哈德不同，他还年轻，还有选择可能，取决于他在"市民"和"艺术家"之间的角色取舍，能否摆脱过去日子的阴影以及大胆追求未来的幸福。

但是叙事方式上两者有巨大差异，《茵梦湖》是用人物自身的行为诠释他们的思想，心理描写轻淡几近于无，是线性连续发展的系列场景，可以比拟为一幅幅几为静态的画面。托马斯·曼的人生自白《托尼奥·克律格》，里面不乏对人物思想的长篇细致心理活动的分析，在叙事过程中，经常有回忆过去的段落略加变化后再度插入，像是乐曲中表征性动机的变奏和复现。它的叙事发展，可以形象比拟为中间有剪辑和回放的一慢速摄影过程。

《茵梦湖》里的暗示、象征和引用

本节是对资料【1】3.5 节中（3）的增补，是原来文字的一倍以上。

《茵梦湖》小说充满象征。和注重具体"形似"的比喻不同，象征更注重整体"神似"，带有人类经验感情。象征和被象征本体之间意义上没有必然联系，由于象征本体只能通过暗示和联想得到，因此对同一象征对象会有多种甚至是对立的解释。《茵梦湖》的象征手法还有另一解释，批评界现有共识，认为 19 世纪德国诗意小说作家用象征手法来表达当时不能公开的思想观点。[16, p.452]

1. 草莓：红色草莓代表爱情。莱因哈德和伊利沙白林中找草莓，莱因哈德承诺他知道满是草莓的地方，结果他的承诺没能兑现。寻找草莓的路上遍布稠密的荆棘，他们能看到对方身影时隐时现，但总分开一段距离，象征他们未来追求爱情过程中道路艰难，缺乏沟通，彼此存在距离和最终失败。对比之下，同伴们包括埃利希带回一大堆草莓。

"茵梦湖"场景，伊利沙白和莱因哈德在湖滨漫步，莱因哈德提出找草莓。"这不是草莓季节"，她道，"但它很快就来的"。伊利沙白默默地摇头。这段对话中，一个认为很快会来，另一个否认很快来意味晚了，道出莱因哈德想重续旧情，伊利沙白则认为事实上已没可能。

2. 红雀，金丝雀：红雀是野鸟，比喻不爱家居生活的莱因哈德，金丝雀比喻热爱家庭生活又有教养的富人埃利希。红雀在与金丝雀竞争中败北，莱因哈德讨厌埃利希送的金丝雀。[17, p.20] 又或者说，困在金色鸟笼里的金丝雀，比喻伊利沙白优渥的生活而实际上被囚禁在茵梦湖庄园里。

3. 鹳鸟：德俗认为鹳鸟（Storch）在住宅、仓库或厩棚上筑巢象征带来幸运，因为孩子的出生是鹳鸟从水塘给带来的，它还会给孩子们带来糖果和糕点。小说写鹳鸟先在湖面上打圈，接着在苗圃间踱步，最后飞到新建筑物即酒厂的屋顶上空，就是没有落在主人的住宅上。这不是作者的疏忽，是暗喻主人的婚姻生活不如意，他们无爱也没有孩子。

4. 云雀：莱因哈德决定离开的清晨，第一只云雀欢呼着升空。有人评论道，这宛如莎士比亚剧作《罗密欧和朱丽叶，1594》中的第三幕第五场罗密欧和朱丽叶分离的场景，象征爱人的永恒诀别。

5. 伊利沙白母亲纺纱：在德国童话和民间故事里，纺纱女子往往代表女巫或专横强悍的女人形象。

6. 石楠花：德俗认为绿色石楠花（Erika）象征持续的感情，小说里是作为莱因哈德与伊利沙白爱情的象征信物。当他们在庄园重逢时，莱因哈德问道："书页间也有石楠花，只是一朵枯萎了的。"他认为伊利沙白对他的爱情不再。这一情节有真事依托，施托姆的初恋贝尔塔死后遗物中保留了一张施托姆写的纸条，上面附有一朵干花。[10,p.12]

7. 黑色湖水：莱因哈德游向睡莲陷入水草网里，在陌生的湖水中感到了莫名的恐惧，挣脱水草网回到岸上，莱因哈德莫名恐惧退缩，无力与环境抗争最终无奈放弃，反映他自身的人性弱点，象征着人被自然力限制的悲剧性局限。或曰这张网代表当前资产者社会，又或曰黑色湖水是危险的性诱惑。湖水作为被动放弃场景发生地，在施托姆早期小说多次出现，如《安格利卡》和《三色紫罗兰》。

8. 白色睡莲：德语又名湖玫瑰（Seerose），是一种多年生水生草本，叶常没在水下，白天花浮于或挺出水面绽开，夜间闭合没入水下。睡莲在施托姆作品中多次出现，这种植物特性含蓄暗示了伊利沙白此刻情感的游移。

回头再看，睡莲还是像那样遥远地、孤寂地浮在那黑沉沉的湖心上。伊利沙白单独无助地处在黑暗环境、困于茵梦湖庄园的处境，也宣告莱因哈德的爱情追求彻底失败，成为他遥不可及的爱情。此处不妨引用施托姆声言他很喜欢的海涅的一首诗《纤弱的睡莲》（Die schlanke Wasserlilie）作为《茵梦湖》以上这段文字的注解：

纤细的睡莲，湖中梦幻般仰望，

月儿俯瞰致意，淡淡月色带着爱的忧伤。

她羞涩地低下头，再次转回湖面，

因她见到脚下，那苍白的可怜同伴。

9. 蛛丝：莱因哈德发表对民歌的见解时道：

"它们完全不是创作出来的；它们是生长出来的，它们像蛛丝飞越大地，飞到这儿，飞到那儿，在成千个地方一起唱，我们在这些歌谣里，找到我们自己的痛苦和作为。"

在当地人思想中，蛛丝是和上天灵异有联系的。基督教流传后，人们相信圣母玛利亚死后由最纤细织成的布包裹，当她升向天堂时，蛛丝会从她的身体脱落，成为所见到的空中游丝。

10. 莱因哈德讲的童话：《三个纺纱女》和《被扔入狮子洞的不幸人》两个故事具有象征意味。

在伊利沙白不让莱因哈德重复讲的《三个纺纱女》故事里，其寓意是：人的一生受命运支配，不由自己意愿。也有说法认为是做对比：故事里有钱人与贫家女结婚，小说的现实世界里，中产阶级子弟莱因哈德只是与下层社会女子玩疯狂游戏。

《被扔入狮子洞的不幸的人》已经和圣经内容相距甚远，更像是民间故事。故事反映一不幸的人受挑拨离间陷入困境时对生的渴望，他在漆黑的狮子洞见到光明天使。象征着日后莱因哈德在黑暗书房，望着他的精神天使伊利沙白的明亮肖像。也有一牵强说法：狮子象征小酒馆里的莱因哈德，歌女是遭厄运的捕获物，天使是伊利沙白寄来的包裹解救它。

莱因哈德回答伊利沙白没有天使，反映几乎不上教堂的施托姆对宗教的一贯怀疑态度。施托姆本人的结婚仪式乃至自己的后事安排都排斥宗教的介入。

11. 吉普赛歌女唱的歌："今天，只有今天……"诉说人生的短暂和不可回避的死亡，象征莱因哈德与伊利沙白爱情以及他们未来的痛苦命运。施托姆说过："事实上人的本性就是感知的有限与无限的斗争，恰恰感到高兴并达到最高峰时刻，我们会被无可避免结束的强烈悲痛压垮。"这种对生命的极度悲观看法贯穿小说的始终。

12. 民谣《我站在高山上》：它是一首经久传唱的古老德国民歌，16 世纪以来已有众多版本，头两句基本一样："我站在高山上，望下面的深谷。"一个美丽的贫家女拒绝了炫耀财富歧视自己的伯爵求婚，宁愿到修道院作修女。另一个版本是贫家女与伯爵相恋，出于外来原因贫家女进了修道院。若干时日后，伯爵与已是修女的贫家女重逢，两人却再也回不到过去，隐喻意味明显。

13. 民谣《走向汕兹上的斯特拉斯堡》：见于《茵梦湖（原始版）》，现行版本标准版把它删除了，它源自 1790 年前后至今仍流传的著名德国民歌，当时法国存在常备雇佣军，由强迫招募来的士兵组成。歌曲描写了一个想偷越回普鲁士的士兵抓获后被处决的悲惨过程。由弹六弦琴的男歌手边弹边唱。

14. 诗《依我母亲心愿》：这首诗浓缩了《茵梦湖》整篇小说的主题。

里面五个主要人物都出现了，伊利沙白（"我"），母亲（"依我母亲心愿"），埃利希（"我要嫁给别人"），莱因哈德（"以前至爱的"）以及歌女（诗句"啊，我可以去讨乞"）。自小说发表以来，非正式统计这首小诗被 20 多个作曲家谱成歌曲。

15. 三个暗喻"爱人可望而不可即"场景：暗喻他们的爱情坎坷和悲剧结局。

（1）"林中"采草莓场景里，莱因哈德听到稠密荆棘林里伊利沙白呼唤"等一下，莱因哈德！"却看不见她；

（2）《茵梦湖》场景里，莱因哈德看到原先在大雨滂沱湖畔树旁等候的白色身影缓缓离去；

（3）《依了我母亲的意思》场景里，莱因哈德游向黝黑湖水里的白色睡莲受挫未果。其中"白色身影"和"白色睡莲"直指伊利沙白。

此外，注意这三个场景中，为衬托寂静所作的声音描述：安静树林里"响起了鹰叫声""硕大雨滴很快透过树叶落下"以及"他听见后面一条鱼儿跃起"，后两者声音没有明写出。

16. 表示无奈放弃的伸展双臂动作，富有表情的眼神和女性的手部细节：在施托姆小说中这三个特有的具有象征意义身体语言，首次在这篇小说里开始运用。

（1）《茵梦湖》：他向前走了一步向她伸出双臂，过后他强迫自己转身向门走出去。

其后的《安格利卡》：他跪下身子，向她伸开了双臂，痛楚而又激情地呐喊着他的名字。

《在施塔茨庄园》："我不知不觉喊出安妮·列娜的名字，并向她伸出双手。"

（2）《茵梦湖》：祝你这一双漂亮、害死人的眼睛！

严肃地看着她童稚的眼睛。

她一动不动地站在原地失神地望着他。

其后的《阳光下》：而给他留下她的倩影，她眼中迷人的绿色亮点。

《身后事》：白色身影挤着他，孩子般的两只蓝眼睛看着他。

（3）施托姆明确表示，伊利沙白的手的特写来自朵丽斯：单是你漂亮的手，德国文学里就这么多次谈论过，它归德国的诗所有，属于幸运，也属于我。[11,p.146]

《茵梦湖》：他目光下移停在她手上，这苍白的手向他泄露了她面容对他所隐瞒的，他在那纤细痕迹上看到一种隐痛，它侵袭女人这样极其漂亮的手，那夜间放在创痛心上的手。

其后的诗《女人的手》（*Frauenhand*，1852）

我清楚知道，你的双唇，不会流露任何怨言，

虽然温柔默然不语，苍白的手想是已作供认。

我在你手上看出，上面显示出的哀伤，

在那无眠夜晚，它抚慰着一颗受伤的心。

17. 多个象征符号组合制造强烈效果：伊利沙白圣诞节的来信提到了"童话""糕点"和"红雀"，这是几个象征符号构成的组合，触发莱因哈德对"过去"和"现在"的系列记忆和他对"将来"的预感：他违背了过去许诺的上大学后继续写"童话"，一股甜甜气味圣诞节糕点让他想起现在家人过节的情景，勾起强烈的思乡情绪，"红雀"死了更是他们将来前景的不详预兆。这多个象征符号，达到对过去、现在和将来的象征的巨大冲击效果，这是单个象征不可能有的。

施托姆的宗教观和情感观

本节内容由独立两部分组成，"施托姆的宗教观"和"施托姆的情感观"，分别简要介绍施托姆对宗教和爱情婚姻的看法以及在作品中的表现，有助理解他的作品和个人生活取向。

施托姆不是基督徒，这与他的家庭和成长过程有关。他父亲是德高望重的律师，一个理性主义者（Rationalist），不信任何宗教，只读历史和有关自己职务的书籍。1873年施托姆为一篇研究他作品的文章作注时说："对我进行的教育很少，家庭的氛围是健康的，我从未听到过谈论宗教或基督教信仰话题，母亲和祖母去过几次教堂，但不经常。父亲根本不去，也完全不要求我。因而非常自然我对宗教态度是对立的，从童年起我就没有宗教信仰，也不知道宗教这方面的发展历史。只是我有时奇怪，关于事物源由和其终极问题上，人们很在意某人信或不信，这个或那个的。"施托姆认为他成长过程中内心没有受这方面思想冲突而受惠。

施托姆九岁入读文法学校，接受了好些年每周三小时的宗教课程教育：《按照汉堡的教义问答集的训导：上帝的教义，他的德行和恩泽，人对上帝的义务》，他由此获得宗教知识但没有触及自己的内心。施托姆结婚没有按法律要求在教堂举行婚礼，在那个年代是极其不寻常的。他的后事由幼子恩斯特操持，有宗教信仰的妻子朵丽斯作了让步，按他生前要求没有举办任何宗教仪式。

"施托姆的宗教观"[17, pp. 77 - 79]

1. 施托姆了解圣经内容和教义，他的作品经常引用圣经经文、故事和圣歌例如《玛尔特和她的钟》："欢呼吧，赞美上帝！"，孩子们都熟悉这首圣歌，便齐唱"救世主已经来了……"

《茵梦湖》：莱因哈德只好放弃《三个纺纱女》的故事，代之他讲述一个被扔入狮子洞的不幸人的故事。(《旧约》但以理书 6 章 1～28 节"但以理在狮子洞中"。——笔者释)

《旁落》(*Abseits*, 1861)：我的眼睛落在门边靠墙墓碑上的新镌刻文字，教师先生，我读出了这几个字："人为朋友舍命，人的爱心没有比这个大的。"坐靠背椅子上的老人轻轻地道："约翰福音 15 章 13 节。"

《市场那边》(*Drüben am Markt*, 1861)：老太太把带着木织针的毛线活放在身边，读她的摩西五经第一卷，关于创造女人的书去了："那人独居不好，我要为他造一个配偶帮助他。"(《旧约》创世纪 2 章 18 节。——笔者释)

《城堡里》(*Im Schloß*, 1862)：他沉思了一会儿，然后说，圣经里有一句话："你们要寻找我，只要一心寻求，就必寻见！"但他们看来没有理解，仍满足于他们千年来已有的和相信的。(《旧约》耶利米书 29 章 13～14 节。——笔者释)。

2. 对教会和神甫的态度

施托姆认为教会对社会有害，1864 年他给友人伯林克曼信中道：贵族与教会一样是国家血脉里的毒物……投身这场与敌视民主暴君的斗争，推翻贵族和教会特权，是我终生最热切的愿望。

然而，施托姆的亲戚和密友中包括了神父，并认为他们是诚实和备受尊敬的。1883 年夏，他希望他次女露斯到新教牧师家庭里生活，并且为去魏玛学音乐的三女伊利沙白找了一个神父的未亡人家庭住宿。1865 年，他拜访现职为神父的中学同学，他写道：我现今处在一个完全正统的神甫家庭。早晚祷告时女仆会来叫我在场，绝对没有强迫我祷告而是特别简单，老同学在祷词里道："我也感谢你，我的上帝，你把我亲爱的老朋友带到我家，接纳他，主啊，在你的庇佑下！"那时我感动得心都碎了。

3. 施托姆内心的善恶斗争

施托姆不回避自己内心的善恶斗争，1862 年给母亲的信中，他提到他和妻子怎样解决他们之间的分歧。他说他会内省，有时也甘冒风险破坏两人已达成的共识。他还形象地写道：(得到好处)大或小，我每次都私下与自己内心魔鬼不停地斗争，但愿心里感性渴求还那么躁动的人有好运，最后他怎样与魔鬼了结那是他的事了。我想,这魔鬼不会很快在我心中消失掉。

晚年他常对孩子们说:"我不信上帝,但是我总是力图克服掉我内心所有坏的东西:妒忌、仇恨和吃醋,努力让自己成为一个好人!"

"如果有上帝的话,那上帝只能是爱,我知道,以我们贫乏的理解能力,我们无法领会这些。"

施托姆在自己日常生活中要求自己遵循基督徒的道德和行为标准。

4. 施托姆生活中的宗教态度和晚年生死观

施托姆对孩子的宗教信仰持开放态度,让他们自由思考并和他们讨论,他的三个女儿就读天主教学校,都接受坚信礼。他觉得教会学校对孩子的品德培养有益。

早在 1833 年的诗《致美好夏日傍晚》(*An Einem Schönen Sommerabende*)里面,就有赞美上帝创造欢乐和赐予永恒生命的诗句。这类词汇在以后的诗里还多次出现。

1836 年《小夜曲》(*Ständchen*)里面的伟大的天父,已经让万物归于宁静。

1839 年《异乡》(*In der Fremde*)的结尾:上帝和他的明亮星星,到处永恒存在。

1841 年,施托姆给表姐信中为自己与贝尔塔关系辩护道:在上帝面前,我的整个生命纯洁得像我对这个孩子的关系,我没有什么需要懊恼的。

1842 年 3 月《青春的烦恼》(*Junges Leid*)有上帝命你出世时就把你托付给我,"你"指的是贝尔塔。

1844—1846 年,写给未婚妻康士丹丝信中充斥更多的"上帝"字眼。

我跪下感谢上帝,他给了我你的爱,给了我不值得拥有的爱,我向他祈祷,让我和你一起活得更长久些。

你常常对我说你每天晚上祈祷,当你和亲爱上帝真正往来时,我想,你必然是快乐和心平气和的。如果从你童年起上帝就是你可贵的朋友,依我来看,你应该不会放弃他。难道你不为我祷告吗?

请信任我,但首先是信任亲爱的上帝。

这是我对上帝的最真诚的祷告。

整个晚上我的想法是,要最密切地关心你和你的将来,我渴望到几乎要去祷告：主啊，你把他们交到我手上吧。

我整个童年时代是充满对未来幻想的美好童年时代，他们总向我摇着手摇风琴。那些令人愉快的晚上，每当响起这首教堂赞美歌《现在感谢全能上帝!》的美妙合唱时，我常常感动得眼泪夺眶而出，于是胡混一天后我便神情严肃沉默地回家了。

1846年的信，上帝对男女之间关系的恩赐，就是爱情。但人要求得更多，要有点神秘和不可思议，他们感受到牧师宣道带来的这种恩赐，上帝的恩惠肯定而且永久地赐给了我们，伴随着我们内心愿望发展，直至永远。

在新生活里你再张开眼睛，你在我的眼睛看到，爱情会战胜死亡。

无论在什么场合都应该坚定地信任，上帝是一清二楚的，他不会让我们最神圣的东西消失。

关于人的生死，施托姆也写了不少：

今天我对死亡离别想了许多，时间飞快流逝，我们总有一天彼此要诀别，谁知道会不会以后某个时候再见？我不能否认这个想法是没有希望的……不会真的吧，我的宝贝。要信赖上帝，他会好好做的。

（施托姆假定自己比康士丹丝活长一段话之后）我悄悄地渴望等候这一时间来临，允许我照料你。

我觉得在我们爱情中我是幸运的，不仅是当下，而且在我还活着的整个时间里，这是我的最神圣的，我的全部所有，我愿带它来到上帝面前，像神学家贝尔纳斯基那样，镇静地逐字道："我把以后来的事托付给上帝的智慧。"上帝给我觉悟和力量，在这尘世间建立我们永恒的爱情。我愿什么都不做，把自己托付给神的智慧。

施托姆还能够设身处地，按当事人的宗教立场安慰刚失去孩子的爱斯玛赫神父：在沉重痛苦里，无论如何我们有存在于人心中的判断力、负荷力和自卫力。此外，你还有上帝，接受你们的孩子到他那儿去。你知道，而且一定想到：最好孩子不要老是处在受庇护状态，而像你的老同事所说，"时间到，上帝将唤醒他!"

1862年康士丹丝健康变得很差，施托姆害怕失去她甚至去看过墓地，他不能忍受与她诀别的想法，但承认没有乐观的理由，不能确认会有死后的生命。1863年在给父母的信谈到刚死去的妹妹时道："我们希望，这个奇妙世界的造物主给我们规定一延续期限，让我们再找到所爱的人，也就是已在彼岸的我的姐妹，她们不会总留在安葬她们的古老家族墓地里吧!"几个月后，他对康士丹丝信中道："你懂得，我也相信，死就是一个人的完全终结。这像是有点逼迫我，准备越过这一界限，远远飞达彼岸。"

1865 年 5 月康士丹丝产褥热过世，他写了共六段的一组诗《浓重的阴影》（Tief Schatten）以期解脱内心痛苦。他的管家后来谈到了他那时的状态道：他第一任妻子过世时，他总沉沦在永生的想法里面，我好多次听到他说"如果我能相信（永生）!"我知道也看到，他是怎样地要让自己相信的。但是，当胡苏姆牧师初次安慰他时，那牧师根本不能相信竟然发生这样的局面，施托姆冷冰冰地与他面对面站着，他在牧师面前还是那样负气好斗。

最后几年，为了心灵平静，他希望未来能见到他亲爱的亡者，但又看不到可能实现这个希望的证据。他只能以积极参与生活、力图生活得高尚和有尊严来逃避这悲哀情绪。在这意义上，他是满怀渴望的不可知论者。

有人为他的宗教终极态度作总结：就其对宗教最深层次本质而言，施托姆没有任何与上帝和宗教的关系。圣诞节晚间他会去点满蜡烛的教堂，重温年轻时内心世界中的叮咚声响印象，也仅此而已。他不理会那些他看来是超世俗的怀疑和问题，例如，逝者幽灵用怀疑眼光看着他并出现在他面前等。人死后还会再见吗？从人们本性必定是觉得"会有"，但是在这喜怒无常的人身上要求理智冷静是太过分了。这个死后会再见的想法困扰着他：会是，然后不会是，周而复此。最终，用他的外甥爱斯玛赫神甫对他的评价来总结施托姆的宗教观再合适不过了，那就是他有不信神的头却有基督徒的心。

5. 施托姆作品中的宗教情结

施托姆本质上并非是全然不信神的无神论者。他的作品中常常出现奇怪人物、孤独和失落情感、象征表达、讲他本人未必相信的鬼故事和承认超自然元素的存在等。

《旁落》《圣诞树下》（Unter dem Tannenbaum，1865）就是纯粹圣诞节的故事。但是要注意，施托姆把圣诞节看成一个快乐节日并没有宗教含义。圣诞诗《天上一颗柔和星星笑对深邃幽谷》（Vom Himmel in Die Tiefsten Klüfte）被认为是他这个不信教的人作出了他最可能的（圣灵）描述。

《旁落》的女主人公读到她同学的阵亡孩子墓碑上镌刻的"人为朋友舍命，人的爱心没有比这个大的"圣经格言之后，她便牺牲自己的物质财富帮助自己兄弟，最后又是他们姐弟俩倾出所有财产协助侄儿，通过多个人牺牲造就了一个人的成功。施托姆的亲戚爱斯玛赫神父称，这是最具有基督教精神的小说。

《维罗妮卡》（*Veronika*，1861）作者对天主教徒维罗妮卡持同情态度，以基督教的道德标准评价书中人物的品行，违反它们就意味做错了事。维罗妮卡感情陷入迷惘，意识到与丈夫的侄子鲁道夫继续相处会带来危险，她本来决定找神父忏悔请求赦免，最后却是直接去告诉她丈夫，说她经历着一度威胁他们婚姻的诱惑，而现在她正努力克服它。维罗妮卡没有找神父的举措，反映施托姆对主持宗教忏悔的神父值得玩味的心态。

《濒死的人》（*Ein Sterbender*，1863）这首长诗显示施托姆没有什么宗教信仰：

> 他们在做梦，他说，轻声地说：
> 这些五彩缤纷的景象是他们的幸福，
> 我知道，死亡的恐惧，
> 在人们的头脑里酝酿。
> 他把手伸出拒绝，
> 我缺的是，自由，
> 我从来没有屈从于理智，
> 也不为诱人的希望屈服，
> 所余下的，就是我耐心期望！
> ……
> 牧师离开了我的墓，
> 说的话虽然烟消云散，
> 对生前的我，
> 对我的抗议作训诫，依然是不得体，
> 这时，我却安息在永恒的沉默魅力里。

《在海的那边》（*Von Jenseit des Meeres*，1864）小说名直接取自约翰福音第六章第 25 节"既在海的那边找着了，就对他说，拉比！是几时到这边来的？"

《城堡里》显然反对传统宗教。主人公安娜自小就有"可爱上帝"的清晰图像，她觉得她个人是和上帝连在一起的。一天，她学习教堂赞美诗，她叔叔听到她念念有词，便对她解释强者肉食的自然法则，并且说，爱只是因为人类害怕孤独而已。安娜困惑不已，觉得自己的宗教信仰受到他说的话伤害。后来年轻教师阿诺知道了她的思想困境，向她解释上帝的新概念，也就是地球上人类的发展。安娜的叔叔无意听到那年轻人的解释，嘱咐她注意现代科学成就并对她说，科学家正在寻找上帝并将会找到。两人的话让陷入宗教思想困境的安娜获得精神平静，这显然是代表施托姆的观点，看来施托姆是反对关于上帝的钦定认可概念，并且强调了人的进化来源。

施托姆对它的双亲道："这部小说是写我自己，比起其他作品来得更多。"

《在圣乔治》（*In St. Jürgen*，1868）情景发生在圣乔治的养老院和教堂，主人公都是些笃信宗教的人。

《列娜·维斯》（*Lena Wies*，1873）强调他童年时代的朋友的自由思想：她生病时有时也会接纳地区牧师的家访，但列娜有自己的生死观，有她多年来建立的行为方式，不是由第三者反复几个钟点劝说生搬硬套来的。她重视并悄然遵循着与教区牧师的互动规则。她会睿智地微笑看着他，把手轻柔地搁在他的手臂上说："嘿，嘿，牧师！你不要和我争啦！"她聪明地选择了看似偶然却又强化她反宗教的态度。（该小说以比他大二十岁的胡苏姆面包师的未婚女儿列娜为原型。从她那儿他不仅知道了家乡很多民间故事和奇异传说，而且她还帮助激发他的诗意想象。——笔者释）

《三色紫罗兰》（*Viola Tricolor*，1871）中，几乎没躲过死亡而现在病后渐愈的伊尼斯，提醒她的丈夫鲁道夫道，时间要到了，他们将去他不相信会去的地方，但确实又是他希望去的，那就是天堂！鲁道夫回答："让我们接着下来做好要做的事。最好的是，人可以自我完善并向他人学习。"伊尼斯问他的话的意思，他道："活着！像我们喜欢那样美好和长久地活着！"鲁道夫说出施托姆要说的话。

《淹死的人》（*Aquis Submersus*，1876）主人公约翰和卡塔莉娜，《市政委员》（*Renate*，1878）约瑟斯和他的父亲，两者具有深厚的宗教禀性。《缄默》（*Schweigen*，1883）女主人公安娜在神父家庭的宗教氛围中培养成长，她的父亲是一个施托姆式的富有同情心的人物。《格里斯胡斯春秋》第二部的叙事者是神父，他在叙事过程中到处加入了宗教动机题材。《海德斯列维胡斯的节日》（*In Ein Fest auf Haderslevhuus*，1885）堡主笃信宗教，他的女儿和她爱人死去时，这个老人跪下合起双掌祈祷："上帝，仁慈带他们到你天国去吧！"《忏悔》（*Ein Bekenntnis*，1887）中弗兰茨医生治疗他妻子癌症，按她恳求提供了致死性药终止她的痛苦。后来他知道他用手术可以挽救她。为忏悔自己的错误行为，他耗尽自己一生为东非原住民服务。在传教士用典型基督教语言通知医生死亡消息中，医生给他朋友最后的话是，他希望超越死亡见到他所爱的人。故事的结尾是："我的朋友是一个最认真和正直的人，没有任何人怀疑这一点。"《白马骑士》（*Der Schimmelreiter*，1888）本质上是一本宗教小说。豪克为他妻子健康祷告，但是他设定了上帝权力界限来完成这项请求。此举大大冲击了他所在社区教堂的寻常会众。

（完）

"施托姆的情感观"

1873 年施托姆致友人信中道，他已经记不得母亲什么时候吻过和拥抱过他。由于母亲疲于家务缺乏对施托姆的关爱，他转而从祖母和对他讲童话的年长面包师未婚女儿列娜·维斯寻求慰藉。这段经历直接影响了施托姆对爱的追求和观点。在他回答贝尔塔的养母德列莎的信中道："按我的感知，爱情乃是最清澈、最单纯、最自然的，情感上彼此冷静，它的生活支柱是关注和信赖。但是，由罗马时期呈现好好坏坏异国恋情发展而来的爱情是贫瘠的温室花朵，我的心对爱情向往是无限的、多得太多。"[10,p.134]

在给他表姐弗里德里克的信中解释道：我还可以对你说，爱情最核心本质就是秘密，它巨大和天然魅力在于它的敏感脑胰……如果你对我说，这样的秘密和姑娘沉湎危险会向轻浮男子大开方便之门，其实这些到处都是一样的，就像生活中好的和邪恶的总是密切相关并行。爱情本身是自然的，所以真实和合理……它基于自然，为人生哲理所赞同，并且圣经也说过。你熟悉这一强力语句："人要离开父母！"（创世纪 2 章 24 节"因此，人要离开父母。与妻子连合，二人成为一体"。——笔者释）

施托姆对婚姻的看法，在他与未婚妻婚前两年半的通信中表露无遗。[18,pp.41-47]他大力崇尚歌德时代的婚姻理想，他在信件中一再提到歌德，指导阅读和引用歌德作品共达 80 余次。他崇尚中世纪的不朽爱情观。他问康士丹丝也反问自己："婚姻的主要任务不就是双方发挥和持续培养我们心灵的美和善吗?"他还说:"夫妻必须实在地发展婚姻中的心灵优美（Shöne und Tüchtige）。"以及"现在的女孩子可悲的是没受到全面教育。她们的心灵被培养成装点门面和表面光鲜之类杂七杂八的东西……里面没有代表有知识的标志，也没有一些伟大历史知识和文学形象"。施托姆指出，康士丹丝只是身体完全健康，难区分心灵的道德恶劣和平凡以及心灵的优美，她缺乏知识，知识"空虚"无法提高婚姻质量，这时男性就要额外帮助女性，用现代家庭生活方式奠定新的适合家庭生活的良好基础。

他赞成"现代化"婚姻，与他周围观察到的甚至是灾难性的婚姻图像大相径庭。他反顾自己家长的婚姻，抨击是一种并非令人高兴的关系，父母两人是亲密朋友而已。他认为父亲是一个不关心他人利益的无情利己主义者，母亲则是极度无趣，她的谈话限于家务。他道："比起我们知道的其他所有人，我们的婚姻必须完全是另外一种，更认真严肃，更发自内心经营。"

他构作的婚姻理想图像就是双方都要尽力注重和关心对方，人生观要一致。共同生活不单纯是亲密快乐，而且要精神上永远活跃。婚姻最高目标不是享受，要有心灵修养上的进步。

他显然不满意康士丹丝的快乐单纯的情书。从施托姆向她推荐的《歌德与一个孩子的通信》一书可知，他心目中他们之间通信要达到的水准是什么。[注9]他还有额外要求，发信日期要写准确，字迹清楚可读，墨水用深色不要太浅。最要紧的是他希望是书信式的文艺对话。为此他推荐了一些对她教育进步有意义的作品，他还要了解，例如她读《威廉·迈斯特的学习年代》一书读到什么地方。他期待她参加能呼吸到希腊人文气息的"安静"聚会，不要草率度过，而是要从聚会获得"巨大的精神满足"。

康士丹丝切实努力回应施托姆的高度期待，但她的早年教育程度实在太差，并且她还要做繁重家务和照顾幼妹，实在力不从心。施托姆考虑到他们未来的共同生活，重要的是要教育他妻子的"审美力和判断力"，在他指导下达到精神方面的欣赏能力和鉴别能力，从而能识别真实的美。因此他极注重康士丹丝的阅读教材，他多次表明，她是他的"至爱的希望"和"至爱的题材"。他显然希望启发她对文学的兴趣并能培养出她的文学议论能力。按他自己拟定的标准，他最后是有些失望了。

为此，施托姆给康士丹丝的父亲写了信，为未婚妻争取学习时间。1845

年 9 月他的信是这样说的："按照我的观点，就丈夫和妻子之间关系而言应该是对等，相互促进和易于理解。亲爱的岳父，我知道旧时代妻子地位低下，但凡每多点要求被看为过分。我们现在想法不一样，我是时代的孩子。康士丹丝回复我，留给她只有一点剩余时间供她利用和学习处理市民家务，尤其是她每天必须去散步一个小时。这个问题我回应过，按我的看法，她父母的市民地位会允许他们的女儿每天有 4~5 个小时用于自身教育吧！对于她和我一起的生活，她需要这项教育，说到底这就是现在她的生活调剂。按一天 8~10 个小时计算，除了学习简单的家务外，我们预计会有五个小时或更多些剩余时间留下。现在很清楚，康士丹丝也领会到这点，我知道，保证她自己有完全自由和不必操心的五个小时，我才算在她身上达到我的目标。最好的是在那些钟点确定后，由于至少延续存有一定的有规律的空闲，从而消除我们妇女教育的缺陷。亲爱的岳父，如果您像我所希望的，最低程度地基本分享我的看法，那么我请求你在她母亲那儿居间调解，不争论不打折扣地给予康士丹丝这一份闲暇。"[18，p. 45]

随即，施托姆通知了康士丹丝："我给你父亲写了信，亲爱的康士丹丝，你不要认为好像我想在我们之间加入第三者。我既没有打算过，事实上也没有因而发生过。我的想法只是在你的家庭事务里，你不能做好一件事或许就是没有自己可支配的一固定时间，希望这次对你父亲说了以后可以行。亲爱的康士丹丝，当然我相信你一开始会不愉快，但是你真的从来没有自己办成过你要坚持做的事。"

康士丹丝同意了她未婚夫对她要求的教育计划，但她明显做表面文章应付。虽然如此，这苛刻要求终究使她感到莫大委屈，回信中道："现在，我愿意给你清楚列出你对我规定的钟点：中午 11~12 点音乐，下午 3~4 点阅读，4~6 点书写，你现在满意了吧？"

康士丹丝不作反抗的被动性，与她毫不动摇信任和几乎无限忍耐结合成一体。正如人们所说，这一本性使他们的关系能得到挽救，因为像施托姆这样一个敏感自私的男人，他不可能与一个活跃好争辩伴侣融洽相处。他们的关系还在订婚阶段就已经触礁了，但是康士丹丝会聪明地对付施托姆的要求、问题和希望，当她不愿或不知道如何回答时就保持沉默，以此渡过了订婚期间的种种困难。在以后的婚外情事件中，康士丹丝令人钦佩地掌控了局面。她没有把它搞成丑闻，相反，她道"她知道所有"，她"心里接纳朵丽斯"，当施托姆对朵丽斯的激情逐渐消退后，她还为朵丽斯境况担忧操心。1930 年托马斯·曼的评论指出：她的品格举止值得钦佩，真正比他（施托姆）好得多……康士丹丝有这样想法，邀请那位分开多年已不住在这儿的女子（朵丽斯）来做客。[1, p. 54]

施托姆在给密友伯林克曼信中坦承："我年轻时的婚姻缺失一个要素：激情。孩子令人陶醉我无从抗拒，除此之外，康士丹丝和我的维系，更多只是平静保持我们彼此喜欢的某些方面。"[17, p. 18]那已是后话了。

最后，介绍施托姆对感情破裂处理的观点。它可以从 1864 年施托姆回答与他有过一段交往的女作家、诗人爱丽丝·波尔科（参见后文《与朵丽斯通信》第 5 节介绍）信中得知，爱丽丝信中抱怨自己丈夫的冷漠和他们现在的婚姻痛苦，请施托姆作为朋友给出建议。根据爱丽丝下一封信"不想失去儿子，最终决定不离开丈夫"的回答反推得知，施托姆认为她可以解除所有关系，和他的丈夫离婚。

（完）

盖尔特鲁德：《我父亲是怎样经历"茵梦湖"的》

　　盖尔特鲁德是施托姆和康士丹丝的最小女儿，她还在襁褓时母亲因感染产褥热过世。她终生未婚，以整理出版她父亲遗作和书信为己任。这本64开本袖珍小书《我父亲是怎样经历"茵梦湖"的》1924年出版[19]，书的亮点是公开了《茵梦湖》最后一段《老人》原貌，即重现1849年版（原始版）文字。全书分三部分："施托姆的生平""《茵梦湖》导言"和《茵梦湖》小说全文。有评论道，盖尔特鲁德出版这本小册子，只不过是担心第一次世界大战后公众忘记她的父亲而已。[12,p.31]

　　出于专注《茵梦湖》研究目的，笔者只译出"施托姆的生平"中1817—1849年的文字，分别对应施托姆出生和《茵梦湖》问世年份。"《茵梦湖》导言"取自笔者已有的全译文[20,pp.25-40]，里面的诗译文略去，避免重复太多。此外请读者留意，盖尔特鲁德的文中交替使用的"作家、父亲、他和台奥多尔"，均指施托姆。

　　"施托姆的生平"节译：[19,pp.8-19]
　　对小台奥多尔和他的姐妹，他们的好人儿祖母是具有素质和个性的最重要人物。她逗他和他姐妹们开心。她取悦孩子，照料他们，她要他们加入她的游戏，她是孩子们陷入小小困境时的安全庇护。

　　露丝是个好母亲，但是相对于祖母的过分溺爱和慈祥，她有时只能让位靠边。虽然我的父亲知道他的双亲很爱他，但他回忆自己的童年觉得几乎是没有什么温情。"对我进行的教育很少"，他道，"家庭的氛围是健康的，我从来没有听到过谈论宗教或基督教信仰话题，……从童年起我就没有宗教信仰，也不知道宗教这方面的发展历史"。后来父亲问我们孩子道：

"如果有上帝的话，那上帝只能是爱，他知道，以我们贫乏理解能力，我们无法领会这些。我不信上帝，但是我总是力图克服掉我内心所有坏的东西：妒忌、仇恨和吃醋，努力让自己成为一个好人！"

这个八岁男孩感受到的第一个强烈印象是 1825 年 2 月 4～5 日当年最后一次的巨大洪水风暴。虽然洪水应该下午三点钟来，才一点钟，超过 100 所房子连带它们的地下室和附属建筑已经没在水里。居民必须带着他们留下财产寻找城区高点儿住地。狂风吼叫，海浪翻滚，海鸥尖叫，自然现象给了这个充满幻想的孩子深刻印象。所有这些以后都写入他的小说《监护人卡斯滕》（*Carsten Curator*，1878）和《白马骑士》里。我不能不提到，我的父亲在《木桶的故事》（*Geschichten aus der Tonne*，1845）给他的玩伴"强盗汉斯"立了个纪念像。他是城市孤儿，他的床立在穷鞋匠黑黑地下室里一斗间的泥地上。黄昏，他和小台奥多尔蜷伏在空木桶里，木桶在包装房内离小书房不远，他们把一张床移到桶口上面，蹲在桶里，用"城堡"上的手提灯笼一起漫游童话世界，那时他们忘记了世间一切。

在"士兵和强盗"游戏里，这个男孩以他的超凡能力赢得"强盗汉斯"绰号。汉斯讲故事也是大师。在讲述一段段故事时，他会让他的伙伴笑得前俯后仰或恐惧得发抖。我必须说还有列娜·维斯，她是他童年时代的讲故事人，胡苏姆过去这般多的信息（能存留至今）他归功于她。在黑暗冬夜，这个年轻人衣服扣眼别着小手提灯笼跑出"凹巷"（施托姆家住地。——笔者释），在哈姆长街左转弯，很快他就到了列娜和她双亲居住的小屋，绿色百叶窗，尖三角山墙用白石灰粉刷过。在屋子前廊，狂吠不已，"珍珠"示好迎接他。列娜准备好牛奶，大家齐齐坐在舒适的小起居室里。母亲维斯坐在纺轮旁，老父亲吸着烟管，临时炉子的直棍下的烤苹果发出哧哧响，列娜向仔细倾听男孩讲述胡苏姆的过去以及幽灵般的白马骑士，一直到老壁钟均匀滴答声中断，宣告已经十点钟了，他才穿过昏黑街道飞快地奔回家。列娜长长清亮的"晚安！"声穿透夜晚的寂静。作家在以后的小说《列娜·维斯》（*Lena Wies*，1873）描写的是自身经历。

四岁小台奥多尔来到地区小学受教于阿姆贝尔格嬷嬷，一个说话充满激情爱来回走动的女士。她称他是她的宝贝，他从来没挨过打，头上也没带过处罚用的羞辱帽（Schimpfhut），那是一张半卷起的纸，另一面用驴头装饰。这个学校男女生一起上课，台奥多尔上到九岁。1826 年他上文法学校三年级。学校房间没有陈设，布置显得寒酸可怜，凳子不舒适，书桌开裂了，个别装饰是用地图拼凑的，房间窗户模糊不清以致阳光几乎不能射进来。弗里茨·巴施（箍桶匠巴施）这个代课老师的高论是，如果把绿色燕麦和荞麦植物给他放在鼻下，他根据实际事件会解释成："这些都是芜青，每种也许会长成有益的土豆。"

我父亲有时想成为一个完全学习科学的学生，但是在石楠花开花季节他常常经受不住引诱，拿起带钉的捕蝴蝶抄网而不是书包。他走过山楂围绕的田野小路，野地里盛开着野玫瑰、蓝风铃花、许多红色和白色荨麻。随之迎接他的是石楠花甜蜜的气息。他躺在树荫下，身体埋在散发香味的野草里，周围是蜜蜂营营声响，顶上是林白灵鸟的歌声。要不然，就是周围万物一下子静了下来。他能够成个钟点地迷失在梦中。直到一天老师来到他父亲前，问台奥多尔是不是病了？于是这一年他的荒原梦结束了。

学校生活中最大的节日是演讲庆典，在市政大厅举行。最高两个年级的学生逐家逐户邀请。这一天德高望重绅士和小市民们带着妻子儿女现身，出席他们的儿子和兄弟的演讲会。大厅和讲演者站的讲台都用鲜花装饰，窗户旁站满戴小帽的爱好者，他们用华尔兹舞填充讲演之间的间歇。施托姆这位高年级学生从学校出发之前还再做了一次演讲练习。然而遗憾的是他第一次带上自己的诗《玛莎提斯，犹太人的解放者》（*Mattathias，der Befreierder Juden*）朗诵时，神态自始至终茫然若失。

第一句是：

噢，犹太人之子，长老为耻辱复仇，

结束是：

你的星辰落下，犹太之星，

在你的胸膛，庄严的亡者火炬

以更无比的壮丽充实和燃烧！

1835年按照他父亲的愿望，带着校长弗里德里希优秀证词，入学吕贝克人文学校九年级（1531年创立的著名中学。——笔者释）。伊曼纽尔·盖贝尔已经离校，但是他给年青的台奥多尔·施托姆留下他的挚友，后来生活很不幸的费尔南德·罗斯。我父亲还是孩子时，已经在一本皮革包书脊和书角小本子上写了他第一首诗。它只是一次雏鸟初飞。除了他喜欢的席勒和歌德的"赫尔曼与窦绿苔"外，其他所有作家他几乎全不认识。他年青心灵对与他生活在同一时代的浪漫派作家乌兰特（Uhland）、艾兴多尔夫和吕克特（Rukert）也一无所知。通过罗斯，他认识乌兰特和艾兴多尔夫作品，歌德的"浮士德"和海涅的"诗歌集"。在罗斯的置有祖辈家具、看得到特拉夫河（Trave）的小房间里，他让我父亲认识世间的美妙。在船舶牵引声和风的呼啸中，罗斯坐在床沿，以激情颤动声音向我父亲朗读海涅"诗歌集"。海涅的诗给了这个年青九年级学生永生难忘印象。当他已是一个老人时，他给里兹曼（Litzmann）写道："宛如突然出现一幅帷幕，还是撕裂的，（从帷幕裂口）我第一次看到那个世界，这些诗用他们星星般的眼睛从那个世界瞧着我。"或者正如他向伯林克曼写道："它们向我们走来，在这些魅力诗歌前，您变得和我们一样受感动，我们和他一起感受着这些诗歌吗？"后来加入的还有默里克的诗。按照他们学生自己的供认，默里克不是他们的仿效对象。（盖尔特鲁德这句澄清话意有所指[1,p.72]。——笔者释）在吕贝克这儿，我父亲经历了他的初恋："始于本心，没有沉沦，依然逝去。"

1837 年复活节他离开吕贝克迁到基尔。他选择学习法律，"因为它是一门学科，人们可以不带特别倾向学习它"。后来他常常为恢复精神，（设法）感受来自想象世界的纯智力活动。对于重点是喝啤酒和寻欢作乐的学习生活，他满心勉强，它们不符合圣经，也不符合他自己设想。他的日子过得寂寞，找不到理解他心声的人，即使最自由自在最活跃的散步活动，他处处都是独自一人。

1838 年复活节他从基尔迁到柏林。虽然这儿他有与罗斯聚会，但仍感到孤独。与盖贝尔相反，他与同时代生活作家没有任何联系。唯有三段友情经历的记忆永远存在他的心里。它们是：赛德曼（Seidemann）扮演梅菲斯·托费勒的"浮士德"演出；和男女友人去哈佛尔湖（Havelseen）远足；以及与四个同学去德累斯顿作四周旅行。每个早晨，他们是第一批参观画廊，特别是参观拉斐尔名画《西斯庭圣母》。接着坐汽船沿易北河上溯出行，背起小背包拿着手杖，在萨克森的瑞士山地四处漫游。晚上这一伙朋友上歌剧院。那时的约瑟夫（Josef Tichatschef）光彩熠熠，而女歌唱家施略特（Schröder Devrient）以她的歌喉和优雅赢得所有人的心。

1838 年秋天，我父亲回到基尔，这回他日子过得不寂寞了。他结识了一圈朋友，他的同乡图霍·摩姆生和台奥多尔·摩姆生兄弟，以及日后知名学者缪勒霍夫（K. Müllenhoff），符合他的心意并满足了对志趣相投的渴望。他们是一个心情舒畅小团体，亲切友好，大家同意尽量少人加入。"我们觉得跟不上生活，是有点狂妄放纵"，摩姆生唱道，"我们在诗里为公众记下了它"。后来摩姆生兄弟回顾他们的诗抱着藐视态度，确实，那时他们的诗脱韵，但乐在其中。1842 年摩姆生两兄弟和我父亲一起出版了《三个朋友的诗集》。该诗集只收纳我父亲 60 首诗中的 20 首，它们都属于精品。

我父亲年老时还喜欢讲起，摩姆生兄弟经常进行毫不留情批评对他情绪感受有着怎样有益的影响。

1842 年秋天，我父亲参加官方司法考试后回到老家开业做律师。从愉快学生生活慢慢地转入严肃生活。他现在成为胡苏姆社区的中心人物。很快地他的周围聚集了一群男女年轻人。他们乱糟糟地交错举办舞会、社区活动、剧院演出和蒙面舞会，后者他自己也化妆参加。他在年轻人中，很快排挤掉社区会议上的"21 点"和"雇佣兵"牌戏。代之他朗诵新的作品并展示画作和铜板画。当狂风围着屋子怒吼，港口喷出的海水水沫渗向他们时，他熄掉灯火开始讲鬼故事。

1843 年夏天，一个充满阳光的客人、我父亲的表妹康士丹丝·爱斯玛赫与这样的快乐（群体）结伴。他们现在开心地坐车兜风。去森林遍野的施瓦布施泰特（Dorfe Schwabstedt），现今它仍以处处花园里生长的金黄色李子称著；去胡苏姆北面村庄哈特施泰特（Hattstedt）的古老牧师住宅看男孩子青年乐园；以及去胡苏姆的小渔村舒布尔（Schobüll）。

冬天来了，那位充满阳光的客人仍然留在"凹巷"，目的是过圣灵儿童节，也就是"有 Better 和 Base 的胡苏姆圣诞节"（Better 和 Base，童话中耶稣的兄弟和姐妹。——笔者释）。圣诞夜分派礼物时，康士丹丝想家情绪压抑，这位作家带她偷偷离开房间，给她讲他的小说"圣诞树下"故事。像姨母那个样子安慰她。1844 年 1 月，台奥多尔和康士丹丝出城到堤坝（Deich，北德地区濒海堤坝，是很宽广的一片平坦地方。——笔者释）散步。远处传来海鸟鸣叫声，风吹过晨光照耀的宽阔平原，岸边的海浪轻轻作响。这对人儿置身在早晨明亮阳光下漫游。回家时他们彼此已是心心相印。

1845 年施托姆父亲给儿子在狭窄新城买了一栋三角形山墙老房子，房子后面带榆树和椴树环绕的绿花园。自此他在给未婚妻里的信总重复这样的句子："今天我在花园里忙碌着。"它属于他最心爱的修闲活动，这样说是要康士丹丝对花园上心。这期间他创作了一首温情小诗《给我一个晨吻，你已充分休憩！》。

1846 年 9 月 16 日在塞格堡举办了一场安静婚礼。当晚九点，旅行车停在新城一座三角形山墙老屋前，一对年青爱侣走出，月光透过榆树和椴树的浓密树权照下，秋木犀草和紫罗兰散发甜味气息。他度过幸福婚姻第一年后有了这首诗：

生活如梦般飞过，

我觉得像是一朵花，一片树叶和一株树。

年轻伴侣夏天生活是在花园树丛中度过。冬天则惬意地留在屋里。星期日属于他们的双亲。我父亲出自幸福心情创作了这些作品：1849 年《大厅里》、1850 年《茵梦湖》、童话《恩采尔迈尔》（Hinzelmeier）、《身后事》和《一片绿叶》。1851 年顿克出版社首次出版了施托姆的诗和韵文集，书名《夏日故事和诗歌》。1848 年 9 月 25 日，台奥多尔和康士丹丝的第一个孩子出生，接着是 1851 年 1 月第二个男孩恩斯特。

《茵梦湖》导言：[19, pp. 39 – 62][20, pp. 25 – 40]

它有巨大魔力，将我们带到往日的岁月。

我坐在我的小小的舒适的工作室里原先是父亲的书桌前。父亲将他年轻妻子康士丹丝带到建筑在拥挤的新城（Neustadt）三角形山墙的老房子里，书桌也从胡苏姆的"凹巷"迁入新城。书桌伴随流放中的我的双亲到过波茨坦，圣城再回到胡苏姆。除了《白马骑士》是父亲七十岁时在一张新书桌上写成的之外（这张新书桌是基尔城妇女们赠送的），父亲所有小说诗歌都是在这张书桌上完成的。这张充满多年记忆的旧书桌，现在仍放在我紫藤缠绕的房子里。我就是在它上面写成描述我父亲生活的两卷书。

落日阳光透过我那斗室的窗口射入，但凡我举目仰望，就见到摆满父亲的书的书架。我母亲总喜欢把我父亲称为"芳香豌豆"的木犀草繫在胸前，它的甜蜜气息充满我这静谧的房间。

面前书桌上放着紫色硬皮书《茵梦湖》。这是父亲为《夏日故事和诗歌》一书里的《茵梦湖》初印本的亲笔改写，带有图霍·摩姆生的书旁批语。横贯紫色硬皮面印着一行表征稿纸规格的黑色大字。我父亲随意拿了张截自"国民日历"的硬皮纸，把它改成《茵梦湖》小册子的封面，里面除了小说《茵梦湖》外，还包括一首诗《致逝者》，用于对他深爱的妹妹海列涅的思念。

图霍·摩姆生称这本充满青春自身魅力的小说是"艺术僵化"。关于这本小说，诗人很晚才对父母写道："从我写成这本小说以来已过去很长时间了，痛苦的折磨一再压抑着我。我自己必须考虑到，我就是写它的人。现在事情离我很远了，但从远处我更清晰地认识到，这本小书是德国小说的珍宝，在我以后很长时间，这本小说以其魅力和青春会攫住年青人和老年人的心。"

标题《茵梦湖》下是我父亲清晰的手迹："带有图霍·摩姆生的书旁批语，带有作者的改写。"在它旁边是图霍·摩姆生写的："场面生动，艺术僵化，摩姆生"，再是我父亲的手迹："这改写已印在《夏日故事和诗歌》里，柏林，顿克出版社出版，1851年。"小说的结语下面，图霍·摩姆生写了："猎人打下的山猫，厨师绝对变不成兔子。"

《茵梦湖》是诗人第三部诗意小说，诗人在小说里寻求摆脱他青年生活时期最初的巨大失望。他称它为"我心灵的空想"，"始于本心，没有沉沦，依然逝去"。这段隐秘历史怎样发生，我愿意用简单的话叙述一下。

小台奥多尔·施托姆九岁前入初等学校，其后入胡苏姆的文科学校，在这之后，我的祖父母送他到吕贝克，再上一年那里的高级文科学校。那时候旅行不常有，艰难，绝大部分旅行都是步行。因此，年轻的高级文科学校学生台奥多尔·施托姆的1835年、1836年圣诞节没有在胡苏姆过，而是在阿尔托那他母亲的亲戚商人谢里夫那儿。1835年圣诞节，德列莎·罗沃尔和她的养女贝尔塔·封·布翰，一个10岁孩子，也是谢里夫家庭圣诞节的客人。贝尔塔的母亲死了，父亲在国外生活，他把自己唯一孩子的教育，托付给这个出色的妇人，以期代行孩子母亲的位置。这个有碧蓝眼睛，带着调皮表情的嘴唇和深褐色头发的孩子，给18岁小伙子留下深刻印象。

从那个圣诞节夜晚起，他有了想法，为对贝尔塔负责，要对她进行精神层面上的教育。使他感到某些幸福的是，他读懂了这虔诚孩子灵魂里的东西，没有杂念地如实写下。我父亲回吕贝克后，写了赠给贝尔塔的第一首诗《年轻的爱情》。今天在诗集里还有它的地位。

诗歌《年轻的爱情》:[20,pp.27-28]

贝尔塔也很快给她朋友回赠了她小小的心意。他为她构思并写出童话、谜语和诗歌,并将诗歌随后谱成歌曲,每次他到阿尔托那拜访时,贝尔塔便给他演唱。此后,台奥多尔不仅在阿尔托那过圣诞节,而且圣灵降临节和复活节也在那儿,以便接近这个孩子。

在阿尔托那,老人们坐在前厅闲谈,台奥多尔和贝尔塔逗留在后厅,落日阳光将它最后的,变幻成金色的光束投射进来。他坐在他去世舅舅有靠背和扶手的椅子上,而她靠近他脚旁的踏凳上坐着,身体信赖地靠着他的膝盖。于是他开始讲古老的故事:被链条锁住的小女王,看管她的龙以及战胜这只野兽的骑士。当年青诗人讲小女王时,贝尔塔就是他看见被链条锁住的那个胆怯的孩子。后来,他想象中要拔出重剑为她冒生命危险。他的童话和歌谣所有形象,对他说来,都化身为他整个精神和思想归依的这个孩子。

我所属的物件里有一本用棕色皮革包书脊和书角的小书,书中父亲记录了他与这个孩子的欢庆时刻。

诗歌《鬈发姑娘》:[20,pp.29-31]

在一摞发黄纸页间我发现《茨冈顽童与茨冈姑娘》。我父亲那次为他心目中的孩子贝尔塔写下了它。贝尔塔和她的年轻的新娘女友一起,婚礼前夕表演过。它没什么文学价值,只属于一段天真无邪的爱情故事。

诗剧《茨冈顽童与茨冈姑娘的对话》:[20,pp.31-34]

我父亲怎样颤栗不安地焦急等着这个孩子到来,向她讲述这本小书中这几页再是另几页。这段爱情命中注定没有结果,只成为他的回忆:

"我想到过,如同多年前我坐在小房间里,坐在已故舅舅的旧靠背椅子上仰望,下午对我总是没个完,一直要等到她和她母亲来的那一刻。我从祖辈物品里取出好多书放在自己面前,读啊读,我根本不知道自己读了些什么。午后阳光暖暖地射进来,照着墙壁上的古铜板雕刻。我眼睛掠过房间四周的书籍,整个祖辈家俱将我置身于一种奇妙宁静和虔诚氛围中。这时候，我设身处地想象，我祖辈从什么地方带来这些东西并为之迷恋。我想起祖母对我谈到过去他们的节日和婚礼，让我们听得津津有味。我想到，很多年仍让我不能忘却那旧日时光，它有深刻的魅力。"（盖尔特鲁德这段照录施托姆 1842 年 6 月/8 月日记式扎记的第二段。——笔者释）

装饰阿尔托那的谢里夫家房间的祖辈家具，以前放在胡苏姆"凹巷"我父亲的曾祖父沃尔德森的宽敞房子里，由过世姑祖，沃尔德森的女儿露西·埃森赠送。在这迫切等候时刻，他可能内心已经开始萌发诗歌《在大厅里》《在阳光下》和《在曾祖母，祖母的房子里》（In Ur‑und Grossmutters Haus），那是具有深刻的魅力的昔日时光。

1837 年我父亲离开吕贝克去上基尔大学。他迷恋的心仍然把他牵向阿尔托那的那个孩子。从最真实最深刻意义来讲，贝尔塔现在是他最大财富。他的心到了完全且永远迷醉她的地步。他向谢里夫太太承认："现在我必须对你说出这不可理解的事情，我那时就已爱上了这个孩子，不要让你想得太多，你要无条件地相信我。"后来，学习年份将近结束，这个年轻的法律学者和德列莎·罗沃尔展开了认真的信件交换。他向她承认他的爱情，并对她说明他的境况。德列莎回答道："对我养女的母爱给了我公认的相当大的权利，当然我不具有这权利决定她的事。我愿您避免年轻化情绪，用您的心理智地深思熟虑。"

强烈爱情无法长时间抑制住他的追求。他去阿尔托那他朋友诺尔特·基多那里，对他朋友吐露自己的心事，无论如何他要证实（贝尔塔对他的爱情是真实的）。已是复活节了。复活节周日，他和朋友诺尔特去了天主教堂。布道已经开始，于是他们就去唱诗班，所以一直没注意到贝尔塔的到来。当这个求爱者从台上向下眺望，下面，一个苍白可爱脸庞仰起对着他。他觉得，是她，他相信，她也认出了他，她的虔诚饱含着爱的虔诚。布道后开始唱诗，声音传得远远的。他相信，管风琴琴声来回仿佛传播他爱她这个想法。他心里坚信，她理解他，她知道他为什么来。她爱他。从教堂回来后他写信给贝尔塔，向她交心。对他说来，他的爱情乃是最单纯、最清楚、最自然的。彼此情感冷静，由情感最深处萌发出奇异花朵。

但贝尔塔还只在她幻想魔镜里看世界和人生。她爱她的朋友，但她还没有长大成为女人，还没能够作出对她整个人生至关重要的决定。我父亲寄给她《祝福你》和《你眼睛依然故我》两首诀别诗，对此他写道："保留所存的诗，是为了回忆或标志我的爱情。"

诗歌《祝福你》。[20, pp. 36 – 37]

诗歌《你眼睛依然故我》：[20, pp. 37 – 38]

一年后，德列莎邀请我父亲再次拜访她们的家，无拘束地保持过去的关系，我父亲回答道："我不能了；像是天塌下来压在我身上，我必须避开。愿您生活好，上帝赐福您，并愿贝尔塔拥有一次像我心底里交给她那样的爱情。"

两年后，我父亲和康士丹丝·爱斯玛赫订婚。贝尔塔·封·布翰身影逐渐消退了，她没有结婚，她养母死后她搬到汉堡高龄养老院的一个小居室。芬芳的花摆满她的小房间，鸟儿们的歌声慰藉着她年老的心。

宛如渐行消逝的歌声，贝尔塔·封·布翰的名字不时穿行过我父亲的信件和故事。我以父亲赠给贝尔塔最美的一首诗，来结束这段天真无邪心灵的短小故事：

诗歌《你太年轻了》：[20, p. 39]

可能再没其他人清楚知道小说《茵梦湖》初印本的结尾部分是怎样地陈述了。它就在我手头，在我面前书桌放着的紫色本子里面。它不适合我这部作品的架构和向我们诉说的气氛，但因为它仍属于《茵梦湖》形成的历史，所以我还是在下面给出初印本的结尾：

"初印本的结尾"：[20, pp. 39 – 40]

然后是"老人"这一章的开始："我们在故事的开头看到了他，现在他返回他脱下衣服的房间，返回他思念他们早年漫游的场景。"在这些字句后面，小说的古老魅力再度笼罩读者。《夏日故事和诗歌》的作者把以上这段结尾完全删去，给出了小说今天的版本。

结语：茵梦湖，一首历久弥新的德国民歌

被施托姆自誉"这本小书是德国小说珍宝"的《茵梦湖》广受公众喜爱，作者在世时出版已逾 30 版并译成 17 种文字。1874 年柏林 Paetel 出版社接替顿克出版社，在作者过世 30 年后的 1918 年累计发行到第 88 版。时至今日，还能见到 2016 年 Leopold Classic Library 出版的最新版本。德国乃至世界读者对这篇小说经久不衰的热情本身就很值得研究。

这本不涉及政治时局的田园牧歌式的小说，回避了当时政治严酷高压和下层民众思变社会状况。真实情况正如诗人海涅 1843 年冬写下了政治讽刺诗《德国，一个冬天的童话》那样，当时德国社会政治如同冬天一样冰冷。我们还可以从 2013 年上映长达四小时的史诗般德国电影《乡归何处》（*Die Andere Heimat*）获得感性认知，该电影及其系列反映了与《茵梦湖》故事发生同期 1840—1844 年社会下层一个普通农民家庭变迁，触目惊心的贫穷和愚昧，弥漫着听天由命氛围，青年人或是出逃或是与累计高达 25 万名移民一起远走大洋彼岸他乡。

读者初次阅读小说时不会体会到上述的社会背景，认为它只是一个老式伤感爱情故事：莱因哈德与伊利沙白爱情无果，前者孤独终老，后者屈从母命与庄园主埃利希结合，三个人都不幸福，再深入至多也就觉得它有点飘离现实世界而已。实际上，小说也描绘了人们无可回避要面对和不能抗拒的一个现实，那就是人的生命和快乐会转瞬即逝。施托姆说过："人的本性事实上就是感知的有限与无限的斗争，恰恰感到高兴并达到最高峰时刻，我们会被无可避免结束的强烈悲痛压垮。"[21,p.78]《今天，只有今天》这首歌谣再好不过表达了这种贯穿小说始终对生命的极度悲观看法。此外，施托姆在《依我母亲心愿》诗中，通过伊利沙白、她的母亲、埃利希、莱因哈德以及吉普赛歌女际遇，总结性点出本篇小说的主题。

施托姆说过他的小说是从他的抒情诗里生成的。从《茵梦湖》这本小说讲究结构、对称和情调可以看出它保留着诗的特点，其中比喻和象征大量运用，歌谣加入，本土自然景色和周边淳朴民风的描写，故事结局的不幸，男主人公原型和经历普遍认定是施托姆作者本人，强烈吸引着读者让人感到亲切。再者，小说场景之间的大时空间隔，被作者有意缺失的角色心理活动和面部细节及表情描写，无不增大了读者的想象和编造自己心目中的男女主人公形象参与"再创作"欲望。

1856 年，施托姆把小说《茵梦湖》作为礼物赠给他时年一周岁的长女里斯贝茨，扉页为她写下献词，后冠以"茵梦湖"标题 1864 年单独发表：[12,p.128]

书页里散发着紫罗兰气息

伫留在我们荒野上的家，

年复一年，没有人知道，

后来我到处找，都没找到它。

诗后他加了附言：当他自己以更高的期望看待和感受他年轻时期作品的时候，他看到，他用诗的形式表现了诗的魔力怎样地唤起作品里最隐秘声音和内心最深处的鸣响。[11,p.150]

小说通篇梦幻般的诗意，一部对生命的极度悲观的伤感故事，据此改编的 1943 年德国电影《茵梦湖，一首德国民歌》，[1,pp.102-107] 它的片名再好不过反映了德人心目中对该小说的理解和心态，那就是《茵梦湖》是一首德国民歌，是属于德意志民族的文化遗产，会永远流传下去。

附　录

与贝尔塔的通信

按资料【10】译出以下信件和若干日记段落集中在1841—1843年这段时间，即施托姆与贝尔塔之间关系发生变化到最后完全结束。读这些信时，除了通信日期表明其跌宕起伏发展过程外，了解他们年龄差距和宗教信仰也有助于理解，正是这两者造成他们的认知差距。1841年，施托姆已是24岁成年男性，15岁的贝尔塔如她的养母介绍："成长在宗教虔诚的环境，未读过一本小说，对爱情懵然无知。"盖尔特鲁德说得更明白："贝尔塔还只在她幻想魔镜里看世界和人生，她爱她的朋友，但她还没有长大成为女人。"施托姆39岁表姐弗里德里克和贝尔塔养母41岁德列莎则是处于有阅历的年龄阶段。

信件编号保留资料【10】原编号9至24便于读者查证。1841年1月底，施托姆特地为贝尔塔15岁生日写了一封意义明确的信，称呼贝尔塔为"我心爱的小花朵"，并附了指明"专门给你"的爱情诗（信9）。贝尔塔延宕六周后才回信（信10），没有回答他的感情表示，只写了点无关紧要的事，并以全名"贝尔塔·冯·布翰"落款，态度异于以往的简称"贝尔塔"。施托姆向表姐弗里德里克求助（信11，13），弗里德里克的回信缺失，但从施托姆这两封信的内容看，弗里德里克持强烈的反对态度。施托姆也向贝尔塔的养母德列莎恳求（信12）。德列莎拒绝了（信14），施托姆激烈地反驳（信15）。1842年4月他作最后努力向贝尔塔直白（信17），信由施托姆朋友转交，但没有成功交到贝尔塔手中。6～8月间，他写下8篇日记式的札记，里面不乏天马行空的想法。10 月施托姆完成全部学业，他信心满满正式向时年 16 岁的贝尔塔寄上求婚书，并附有给德列莎的请求信。贝尔塔收到信后即时明确地予以拒绝（信 20）。翌日，德列莎再次表示拒绝（信 21），并且从这封信起，异于以前简称"德列莎"，信末均以"德列莎·罗沃尔"全名落款。不过，德列莎几天后还是写信给施托姆，邀请他两个月后来过圣诞节（信 22），施托姆简单回复他来不了（信 23）。翌年 9 月，德列莎态度极为友善地再给施托姆写了一封文词属事务性的信，可以想象给了他一个也许有变化希望的机会（信 24），但是施托姆没有下文，因为只不过三个月前，当年的 6 月他已经和表妹康士丹丝订婚。

为查找方便，每封信都有原书的编号。此外，可从附录《译名对照》查到信中人物的出生日期和身份，圆括号内的"笔者释"代表笔者个人见解，目的是想帮助读者理解信中某些内容。

以下选译自《施托姆的感人初恋：诗歌和文献中的施托姆和贝尔塔》[10,pp.115-152]。

9　1841 年 1 月 31 日施托姆给贝尔塔的长信（节选）：

称呼是"我心爱的小花朵"，信中施托姆向 15 岁的贝尔塔解释了圣诞夜他领悟到的生死观点："……我们会死去，无力抗拒已深深植根千百年的'被遗忘'的力量。我只愿活得像我爱的人和爱我的人那么长久而已，直到我死。然后，让世间把我，把成千上万像我一样心灵悲喜有感、最后名声被掩埋掉的造物，都遗忘掉。"他道，人会死，想死后不被遗忘是徒劳的，只有极少数的人，以他们的伟大，才能从芸芸众生中，宛如下陷城市的塔楼脱颖而出永久留名。通篇没有上帝和天堂字眼，与贝尔塔的虔诚宗教信仰大相径庭。

信内另页附了一首指明"专门给你"的诗，明确表达他的感情：

（《Vierzeilen》八段中的第二段，1843 年发表。——笔者释）

　如果我远离你，远离你甜美的身影，

　留在无穷无尽的远方，

　你依然紧靠我，像是胸膛里的心，

　像是心里跳动的爱情！

10 1841 年 3 月 14 日贝尔塔（延宕六周后）给施托姆的回信：

贝尔塔全篇写了些无关紧要的琐事。落款是全名"你的贝尔塔·冯·布翰"，异于以往的"你的贝尔塔"。

11 1841 年 3 月施托姆给弗里德里克的信：

亲爱的弗里德里克，开始读我的信之前，我必须请求你要完整地读完它，因为我要对你作种种忏悔以期得到你的帮助。我渴望你同意我一件事，怎样说对你也是棘手尴尬的事，你不会相信吧。

这件事使我感到痛苦，迄今为止我一直对你隐瞒着，不是觉得你对我不够亲密所以不能将它与你分享，而是你认为我会相信你发表的意见。这方面你也许不怎么了解我，因而我越发沉默。如果当下我对你说，它关系到我大半生的幸福，我非常希望得到你的信任，那么请当即相信我。现在让我从很久以前的事情讲起吧！

你知道，从贝尔塔孩提时代起我就追着她，捧着她的拖裙。从这之后，我在一连串圣诞节见到她，还在你母亲在世我和你们一起过节时，我就萌生了想法，我要在精神上吸引这个姑娘。或许有些令人费解，但现在我必须向你说出这件事，其实从那时起我已经爱上了这个孩子。亲爱的弗里德里克，你想都不要再去细想，你必须相信我！那时她的鬈发已繫起来了，德列莎有一次应我的请求，把孩子的浓发还原成如同她画像上的鬈发一样时，我因而享受到特别的快乐。回到吕贝克我写了"鬈发姑娘"这首诗，到现在它仍是我最心爱的一首。

12 1841 年 3 月 22 日施托姆给德列莎的信：

尊敬的女士，从贝尔塔最近的信我清楚觉得，我们之间所有的事情，不像它自身本来应有的面目，不像我心灵觉得所需求的那样。您不愿相信我，贝尔塔信里给出的理由，也就是根本没有理由导致了我的信长时间不给答复。如果您相信可以因为某些事责备我，如果您还保存早先对我的很多好感不至于对我静默完全漠不关心，那么值得您这样责备我，请给我机会向您证明我也是一个务实的人。我深受您友谊呵护并渴望您的回答。

13 1841 年 3 月 22 日施托姆给弗里德里克的信：

我的好人弗里德，感谢你认真写的长信，因为这封信是想让我承担除了痛苦外还有过错，我现在已经是够可怜的了，这封信无疑把我搞得更甚。

如我所料，你表达的信念和我的不一致，但我还是因而感谢你并且从心底感到快乐，那怕我被你这样误解心里已经很痛。在上帝面前，我的整个生命纯洁得像我对这个孩子的关系，我没有什么需要懊恼的。如果这爱的激情久久流血受损，我现在对你说的话，我要对你重复的话，就是我死时的祷文。

我最亲爱的弗里德，我知道你是爱我的，你愿意是公正的，现在恰恰因为你不公平地反对我。你不愿成为支持我的这一方，但你仍不是没有倾向的。如果你赞赏孩子养母和施教者的权利，那么你也不允许阻止我享有感情的权利。就像每个人处理冲突特别是男女交往冲突，我处理得不对或是母亲处理得不对，这时如果双方处理方式背道而驰，那么圆满地解决好这类属于我们生活事务的冲突，（不公平）情况就不会出现。

你的意思是，如果德列莎知道了一切，我在她眼里必然大大失分。我不想争辩。其实她什么都知道，因为她肯定读过所提到的那张纸条。就我的处理方式，你写道，我对待贝尔塔和所有其他人没有区别。我知道，如果我们只是打算表达自己的信念力度，是可以让我们容易熬过痛苦。（由于没有弗里德里克的原文，揣测她这两句话的意思是，她看不出施托姆对贝尔塔有什么异样，认为施托姆吐露的是一种信念，不是爱情，因而所谓的痛苦可以容易克服。——笔者释）不用说，这些话不是出自你的内心。我觉得我的信让你生气了；现在你可以无偏见地作出判断，并且在这件事上，你要多做些为我辩解的事而不是骂我。我必须对你再次重复，她养母的意见与我的信念南辕北辙，这肯定是与正成长少女密切交往自然而然产生的爱情，这爱情以其价值俘获了我。不单单是指我的心里这样想，我的理智也认为是合理。只是还没经（养母德列莎）审定合格，（贝尔塔）她没有确认和我这种表面交往，这些应该是阻止了我走出明确的一步。德列莎给予我信任的要求条件极为严厉、执拗，我也没有过任何抱怨。是时候了，我要说，如果你现在没有赢得它，那你就会失掉它！从此以后再不能要求我，为这表面理由（指德列莎审定合格和贝尔塔确认。——笔者释）我要牺牲掉所有幸福。我只是尊重这个表面理由，出于它是另一个我信任理由（施托姆一直相信贝尔塔内心爱他。——笔者释）的基础，这个表面理由肯定是有局限的。

考虑到她没确认、我还没经审定合格或者我绝对不会合格，所以现在这种交往应该更加密切起来。我应该做些什么？那时我就知道了没有其他出路，现在我知道还是没有。应该现在找出一个（办法），我觉得以正确眼光去找一个非正确手段，至少不能算是罪孽吧（私下递纸条的事。——笔者释）。如果我爱上一个少女，难道我应该预先向（她的）母亲说明？但愿这不是你的看法。有一次我反对德列莎，我发现这样做法很不自然而且可笑，而她就是我上面讲的看法。顺便提一下，贝尔塔的无偏见固然可以有她的理由，因为她信任母亲。德列莎出于对你的友谊和信赖，不让触动这脆弱的、对于她也许烦恼的事情，从道理上我不觉得奇怪。她不了解我的交往，但她至少可以无视我，终究做到无偏见的吧。为了让两个无偏见意见以最容易方式解释明白，那就是她和贝尔塔之间获得同一解释。（贝尔塔不置一词把纸条交给养母，即文中的"无偏见"。表面看贝尔塔是不持特定立场，养母说自己不了解他们的交往，被施托姆也归为"无偏见"并希望她们两人的"无偏见"有统一解释。其实施托姆内心不那样认为她们是"无偏见"，因而才有了以下的几种假设。——笔者释）。

　　此外，如果整个情况是另外一回事，或许恰恰是贝尔塔爱我并且自身对母亲不信任，她就会完全信任我，这没有什么需要受谴责的。因为如果她爱我，她必然把她自己以及交往的解决方法托付给我。如果她爱我，我会力挺她摆脱她的母亲。并且，如果她相信母亲会妨碍她的爱情，那么她委托我，通过延迟供状（Unzeitige Geständnisse，法律用语）委托实现这些。如果母亲不反对，那母亲她有第一权利成为她女儿的信任人。若事情相反，我会谴责，它成为你所说中的（指德列莎反对的事实。——笔者释），亲爱的弗里克，我就不理会这种情况了。我还可以对你说，爱情其最核心本质就是秘密，它巨大和天然魅力在于它的敏感腼腆，此时对于这种交往而言，爱情必须牺牲掉你一部分生活。如果你对我说，这样的秘密和姑娘沉湎危险向轻浮男子大开方便之门，其实这些到处都是一样的，就像生活中好的和邪恶的总是密切相关并行。爱情本身是自然的，所以真实和合理；着手解决父母和孩子之间严峻家庭关系在于互爱。现在对这个姑娘，这不仅是她爱情的第一个对象而且也是她爱的男人。现在是这样，永远是这样。它基于自然，为人生哲理所赞同，并且圣经也说过。你熟悉这一强力语句："你应该离开父母！"（圣经《创世纪》2章24节。——笔者释）

　　虽然到目前为止你是反对我的，在我对你的信任方面没有造成任何的损害，只是我没有接受你的意见而已。我和你之间剩下的（分歧）似乎单单就这个了。现在我必须对你说明，即使从贝尔塔这一方看，我以为我的行为也是有理，当然，我愿意信任你这方面的女性敏感细腻。

信中有一处你对我说："你应该在这界线站住（不越过界）！为什么？为什么我不应该爱她，它是那么自然的事？"你活生生地向我作出老一套指责；而我面对姑娘当之无愧。如果是你的看法，那在我这方保持沉默。但是翻过生活这一页之后，我只见到明亮的阳光而不是可怕的夜晚。

再见，愿你保持对我的友谊！我希望夏天我们见面。我说出相反意见只是因为我说不出理智的话了，到底还是我不允许自己对她不抱希望。

你的台奥多尔

14 1841 年 4 月 3 日德列莎给施托姆的信：

亲爱的施托姆，我的信给您造成另一个完全不同于我所期待的印象，使我心情非常糟糕，您的每个生硬做法是在指责到目前为止我的想法和情绪。我自己试着用您年青人同样的心态理解接受，确实使我同情您并为您考虑。我相信，您出自内心清楚知道您自己、我和整个世界。上月 28 日您的信告诉我是我误解了。我是不乐意给您写、给您说那些我觉得更轻松和更愉快的事，然而，我更不愿意放过今天这一天让您等着回复，我身心两者好像都承受不了。哪怕是现在，我对您还是没有任何责备，也是现在，如果更确切说在另一个方面，我让您注意您自己。如果您具有充分信心和周全考虑相信（您是）正确处理的话，那么我愿意不与您的看法争论。虽然您的观点不是我的观点，台奥多尔，但我让它们为依据，请您尽可能安静、无偏见地听我把话说完。

贝尔塔 10 岁时您就认识她。最后一次看到她时她是 14 岁。事实上在这段时间内存在很多美好回忆，是我很高兴保留的，尽管看见到我们之间所有非常不愉快的不值得高兴事情我会不知所措。您自己回顾这些年再好好想想，想必您同意我的意见，从我们相识以来轻松相处得到很多很多惬意快乐。您是我多年密友家庭的可爱亲戚，您作为我们期盼的客人，但凡现身我家，我都觉得是一种可爱的友谊表示。我当然不会不察觉到，您越发爱好与贝尔塔交谈及至爱好她所有活动，我从很多年青男子身上，也看到他们同样表现出这种爱好的明显征兆。贝尔塔自童年至今珍视保留着它们，看作是不带倾向性的友谊来接受。

你们近两年见面更多，很自然我发现了您越来越赢得她的好感。我确实为我孩子的幸福担忧，关注她的个人不受打扰，台奥多尔，因为我了解贝尔塔，我不知道您能否自信对一个 14 岁姑娘的爱情作出保证，忽略她本人感受是不可能把它搞明白的。如果那次您认真咨询我这方面关系，虽然会使我感到非常惊奇，但我还是会友好地指点您去严肃认真地对待未来。（德列莎当然知道施托姆曾经的荒唐，五年前 1837 年他私下"秘密"与时年 17 岁的爱玛·库尔·冯·科尔订婚，旋即反悔，翌年解除婚约，[20, pp. 3 - 4] 爱玛因而大病一场。——笔者释）

亲爱的台奥多尔，当下我还必须对您补充的是，按照您的个性，您的痛苦能消失、会消失并且将要消失，但是内心不会，内心的情感不允许，您会觉得自己生病。我依然希望您坐我身旁，通过目光和话语我引导您更容易度过些，因为您很可能被男性骄傲或病态自恋诱惑，让您充耳不闻理智的声音，总想顽固地抓住假象不放手。请您自愿来我这儿求助，您想想，我友好并满怀善意与您谈话，这样您就不会误解我。

去年秋天你和贝尔塔告别时，私下放了一张有所指的纸条在她手里，纸条里您抱怨，您怀疑她是否还像以前那样爱您？下次她应该在下封信笺用加下划线的词语消除您这个抱怨。您送给她一首有趣的闹婚之夜的诗，贝尔塔感谢您，并带有加了下画线的词语。（贝尔塔在以前 1840 年 12 月 31 日的回信中，最后落款"你的贝尔塔"下加了两道横线。——笔者释）

那时她常常用清澈眼神注视我，然后说她几周以来一直要对我讲些什么。她把您的信交给我，她叙述过程，我读，她说："这是我信里加了下画线的词。"于是我向她说了所有的事，我整个人重新轻松起来。她说："（先不说其他）仅仅知道这些，我就觉得那么不舒服。"我对她隐藏了我眼里同情的眼泪，我疼爱我可爱的孩子。您写了回信，里面附带一首极可爱小诗（指本文信 9 和其附诗。——笔者释），她让我看，她理解是什么让您产生那么快乐的情绪，"就是我的信"，她说，"我的信是原因"。（就是指落款加了两道横线的那封。——笔者释）

您寄给她的圣诞节礼物赫贝尔的《日耳曼诗歌集》（J. P. Hebel："Ale-mannische Gedichte"，1808），这些诗与您附给她那首诗，贝尔塔同样真心喜欢。她在一封友好的信里感谢您，信里我附了少许几个字："您的圣诞节歌曲的本质纯净的儿歌风格的确使我非常感兴趣。"这首歌也许是我早先就打算过却没有那么认真给您写信的起因,现在我开始强烈责备自己疏忽了它。您收到的虽然只是少许几个字,但我相信透过轻微暗示(指"本质,纯净,儿童"。——笔者释)您是能理解的。如果您有这几行字的话,请您再次读一下,您容易认识到,我是愿意将您留在这样美好和孩子般的开放交往关系中。但是您没有理解我!

如您所设想那样,贝尔塔友好地接受了您的生日礼物,而您决不、决不相信这礼品在贝尔塔的想法里,在她的心里,看不出其实有什么刻意的目的,那张秘密纸条始终活生生地留在她心里让她不开心,纸条交了给我,她说的话我就不写了,台奥多尔,在这件事上能够享有快乐的唯有母亲的心。如果您愿意描述这真实正确的信念,那您必须对我担保,您不能因为觉得再也没有什么可以失去的了就可以去做搞糟您的现在、您的未来或者毁掉您生活的任何事。如果您摆脱自我生成的错觉、几无虚幻的忧虑,调整成务实、纯净、无负罪感的快乐生活态度,这几行字必然使您满意和放下心。您像其他人一样和贝尔塔说话,写信,看望她,您会发现她像我在你面前展示那样,她可爱和善良,还没有读过一本小说,不理解热烈爱情意义和敏感性。对我说来,最美好的生活乐趣在于她的开朗快乐。使您恢复精神也在于此,从这未被搅混的清泉,您获得生机盎然继续生活的勇气。您可以变得和她一样快乐。有很多话我可以对您说,现在不再写下去了。请让我相信,您从这封写得满满的长信会收获良多,您决不会误判这一真诚友好感情,正是这份感情让我给你写了这封信。

德列莎

15 同日 1841 年 4 月 3 日施托姆给德列莎的信:

真相终于来了!这封信使我觉得您变得这么的可爱!我在生活中体验到,某种情感的敏锐性恰恰附着在度过年轻岁月后的优秀女士里,它针对青年人的权利,也针对每一个与她所确认准则不相符的外来信念,不仅充耳不闻,而且不公平。您前封信让我担心,有些是您那儿不一定预期到的担心。现在你又是我亲爱的深思熟虑女士,我只是一个把他自己幸福撕裂的癫狂男孩。像是果子开花,回头是不可能的,向前又没有空间,又没法停在这儿不动。

我第二遍读完你的信后，我愿承认人心是怎样的虚弱东西啊！我早已想过，如果她不理解我，为什么她必须要向母亲说这事呢，为什么她要担忧这事呢？而如果她理解我，究竟为什么她这样回答我，尽管她不应该这样？我从一个时间点到一个时间点再次地回顾，最后想到，她爱你而且她是个虔诚孩子。

您真不需担心！现在我变得完全清醒了，我心里的这种妄想早已悄悄地逝去。您虽然不相信我的骄傲或自尊受到了伤害。我的理智如同我的心灵，觉得骄傲或自尊没有带来什么声望荣光。这是终局，一切我都清楚，我青春生活最后一个邂逅在此宣告结束，这段生活插曲从最深的深处萌发出它全盛的花蕾。

还有，我想说服您同意我的信念：按我的感知，爱情乃是最清澈、最单纯、最自然的以及情感上彼此冷静，它的生活支柱是关注和信赖。但是，由罗马时期呈现好好坏坏异国恋情发展而来的爱情是贫瘠的温室花朵，我的心对爱情向往是无限的、多得太多。

请您一定要相信，我为此要感谢的亲切回忆绝不会消失，我觉得，对过去的忧心忡忡害怕将附着我整个一生。同样，我也将因此接纳您的友善形象和承担未来我对您的感谢情怀。

由衷忠诚的台奥多尔

16　（1）日记 1842 年 3 月 24 日（距上封信一年之后。——笔者释）

我想再次听到她的声音，还要看见她本人。基多（Guido Nolte 施托姆大学时代的好友。——笔者释）一定会把从我这儿取走的那封信和作为礼物的祈祷书转交给那位上年纪老人，以便进行谈话从中了解她在哪个教堂受坚信礼。基多把这些和老人谈妥后就先去旅行，我昨天才到这里。我不想见到亲戚们，这样我就可以不遇到她母亲和她本人了。我看见堂兄弟的仆人在阿尔托那邮局门口站着不动，我没有那怕一丁点儿担心，他真的没觉察到我。基多在那儿迎接并通知我一切顺利进行，老人对此事很激动，我也同样很真诚地想念她。

昨晚我走到她的住屋，不能上去她朝墙外的小房间，那里我们常常在一起吃饭，母亲从房间追着躲在桌后的我们，（现在我）再也不能在居室前看到她的身影和听到她的声音。我像一个真正傻瓜现身，但我脚步不能从那地方移开。

中午

基多和我在教堂前站了一个多小时，所有载客的马车都离开了，仍然不见她的人影，于是基多上啤酒馆去了，我只好回家。当我走近家门，蓦然发现她正迎面走来。见面后我们什么话都没说，也没有互相问好。我发觉她的眼睛透出极为严肃的神色。

16　（2）日记1842年3月25日下午（谈他去医生家作客，与贝尔塔和德列莎无关。——笔者释）

16　（3）日记1842年3月26日中午

我在这儿再做什么？我见她是我愿意的，我无法摆脱。我在大街上走，我总觉得她应该是遇见了我，总有一双眼睛在我面前出现，那是前天上午她看见我的眼睛。今天（街上）我在一位姑娘眼前那样强烈地惊恐，我的心扑扑地跳，但这双眼睛我是陌生的，和她的根本不像。

今天办的所有事里面，我必须让她回忆起，当她还是孩子时，我和她在这橱窗前看瓷器物品，在这儿我们一起为我父亲采办，更晚些时间我总从花店员工捎来不会再长的桃金孃爱神木。

对我就是所有一切，一切使我想起

那过去美好的时光；

我爱的一切是那么近，

又是那么遥不可及。

16　（4）日记1842年4月2日基尔

第二个复活节周日我和基多去天主教堂的下午布道时，布道已经开始。教堂安静，我们往上走向唱诗班，没有人被注意到我们的进入。我从教堂上方往下俯视，离我的眼睛太远了，辨认不清下面妇女们的面容表情。有一个面孔苍白姑娘让我不能释怀，我觉得是她！她的脸庞仰起转向我，她的虔诚必定饱含着爱的虔诚，因为她没有看着神父而是对着我。布道后开始唱诗，管风琴琴声来回传播我们的想法。我心里坚信，她理解我，她知道我来的原因，她爱我。当她站起来我清晰地认出了她，有位陌生女人陪同她。

几天后我又遇到她和她的父亲，我太迟才注意到他们，所以眼睛没有对着她看。这次没有任何印象的遇见使我情绪沮丧，我自己整个失去了信心。晚上基多坐在我床前好长时间，下一晚也这样。我能说出我的真诚心声，我怎样地爱她以及她在我的生活中怎样重要。我有真正的需要去撕裂我的胸膛。我觉得，这必然和她有关连一起发生。

前天是我觉得特别舒适快乐，比较之下以后不再会有那样的一个日子。

昨晚我们在诺特夫人家聚会，当她的十一岁大女儿入来时我大吃一惊，她是孩童时的贝尔塔，只不过是黑眼睛。少数几个人因错觉引起扰动。大家都注意到这个孩子给我带来的影响。医生开了个糟糕玩笑。人们谈论她缺乏强健女子的面色。我不由自主地说了"应该是苍白的"，基多瞧我一眼，于是大家都明白了。我应请求朗读了几首德文诗，小女孩不认生，站着朝我的靠背椅子的位置和我一起看书，并请我要再读一首：

那是逐渐消逝的无尽欢乐，

包围着我，噢，可爱妩媚的青年时光，

你要怎样再身受不可思议的悲伤，

而且处在那么远，那么远。

我希望在最后时刻能单独与她见面，但没有发生。我写了以下一封信，基多答应排除万难一定交到她的手里，他是可信赖的。信里附了两首诗：1841 年 3 月的《祝福你》和 1842 年 3 月的《你的眼睛依然故我》。

信的内容是：（即下面的信 17。——笔者释）

17　施托姆给贝尔塔的信 1842 年 4 月 2 日（委托朋友基多转交，没有成功）：

贝尔塔，我曾一度相信拥有你爱情的保证，但我们之间变得漆黑一片。很长很长时间我没见到你，没听到你任何信息。因为我不能长久忍耐就来到这儿。我感到致命恐惧。与我来往密切的人现在变得陌生，我爱的像梦一样消失。

我在教堂见到你，我又相信，我感到你传递给我爱的阳光。晚些时（路上）遇到你，我再次陷入相信。

贝尔塔，很多痛苦不幸误解是逐渐产生的，它们不会使我们分开吧。如果你爱我，你的爱是伟大和可信任的，那足以让我和所有人完全信赖。

否则，有这么多人对你童年朋友同情，愿你给他写出最后（决定性的）一句话，这样他就能以幸福作终结。让我这次不要徒劳地等候。快些，快些给我写信。

所附的诗保留了我爱情的回忆或凭证，它的解释权在你的手里。

台奥多尔

昨天晚上我一点钟从社区回家，基多在我书房过夜，夜间我们聊得很久，一直聊到今天早晨。

骏马飞快地载我奔往前方，

思念却远远地将我拽回，

马儿未能超越过它。

5月9日早晨

基多没再见到她，信没有到她手中。

汉堡遭遇给这里带来了一片骚动，征调了军队，调动灭火喷射器具，装载面包货物以纠正无秩序，火灾和物资匮乏状态。昨天晚上市场挤满各种身份的人们，士兵迁走，大群学生要求从校长那儿得到钱和武器以便跟着一起干。我真不知道，他们是否也收到火灾已经救灭了的信息却不愿放弃这样的骑士旅行。如果阿尔托那遭受危险，我还是会充当浮士德角色去那边。贝尔塔和德列莎会在谢里夫那儿。我已写信给弗里德里克，请她立即告诉我贝尔塔在什么地方。早上我将收到回话。

我在信中向贝尔塔释放出一个激动人心问题得到了答复。里面有贝尔塔和德列莎的祝福……

我向弗里德里克寄了首夜歌，我想，她会在她们面前吟诵它。

（《Hörst du？》（你可听见，1843年发表）共三段，这是第一段中第3～4句。——笔者释）：

你睡吧，从远方，

给你轻声吟唱我的催眠曲。

18　1842年6月/8月日记式的札记：

（1）宫廷抒情诗人和西里西亚（Schlesien）诗派的爱情诗，格莱姆

（J. W. L. Gleim，1719—1803）的爱情诗，以及格莱姆之后到歌德开始创作时那个时代的爱情诗，你们读读，你们认不出它们是爱情，你们听到是爱的这个词按韵律清脆发声，是一种精巧娱乐而已。你们不懂，因为诗人们自身也不理解。然而这个夜晚有一个男子依然伫立，你们要提防他的诗。这些诗篇如同一把剑，午夜时分得到符咒保护并以灵魂付出为代价。在诗里他备受煎熬；每首诗都是由青春爱情和生命锤炼而成。你们要提防！这些诗唱出你们内心炽热要求和极度渴望。他在自己墓上为他本人写下：（施托姆引自 J. 君特的诗，J. C. Günther，1695—1723。——笔者释）

我的朝圣者！你要消失改道而行，

不然，我的泥土把爱和不幸也传染给你。

（2）我想到过，如同多年前我坐在小房间里，坐在已故舅舅的旧靠背椅子上仰望，下午对我总是没个完，一直要等到她和她母亲来的那一刻。我从祖辈物品里取出好多书放在自己面前，读啊读，我根本不知道自己读了些什么。午后阳光暖暖地射进来，照着墙壁上的古铜板雕刻。我眼睛掠过房间四周的书籍，整个祖辈家俱将我置身于一种奇妙宁静和虔诚氛围中。这时候，我设身处地想象，我祖辈从什么地方带来这些东西并为之迷恋。我想起祖母对我谈到过去他们的节日和婚礼，它有深刻的魅力，将我们带回那古老的时代。最终，门铃终于响了。我想到这些，很多年过去了，仍让我不能忘却，那具有深刻的魅力的旧日时光。

（3）对他来说，新娘在好多年前已经死了。那时他坐在靠背椅子前，患病女孩脸色苍白在椅子上休息。他看着她的蓝眼睛，眼睛依然是他们爱的使者。目光变成了亲密拥抱。他们不相信死和永别。她死在他的手臂上，他轻轻地把她放回原处，在这世界上他不再有爱情，现在他从青春已经消逝那个悲伤夜里（重新）浮现，您认清他！他是个强者，一个快活的男人。因为他的青春已经完全在她那儿了结，他不会再去爱。

（4）女人心目中的上帝本质上是家庭神祇，每个女人都把他搞得很伟大，大概可以借它来填补自己心灵的空虚。所以在老处女和初恋前的年轻女孩里它的分量很重。但是有谁知道，一般情况下，她们的上帝对初恋前的女孩只是短暂的，在这两者竞争关系中，她们上帝的情绪看来有些古怪。（亢奋中的施托姆这段日记对上帝，对德列莎尽其挖苦能事。——笔者释）

（5）未来一个秋日下午我处在不断冥想状态，花园里棚上的红葡萄藤叶子飘落，金色秋日阳光照在姑娘棕色头发上闪闪发光，屋内已点上灯，阳光徐徐落幕，姑娘快活地拉我向着她，我们慢慢地回屋，这样的下午会出现吗？树林染上一层色彩，在树叶下落之前，所有必须决定，是好或是糟。

（6）我梦里想着夜里我走在汉堡的大街上，人们奇怪地聚集一起，我迷路了。在我身边刚走过一个半大孩子的文静姑娘。我向路人连连鞠躬问路，姑娘转过脸告诉了我路怎么走。是你的脸上表情，也是你的声音，但不是你。大家并排来到大街上，河水横穿流过，但没有桥。我清醒地缜密地思考起来，那位文静姑娘像是你，是那个半大孩子。人们把我领向年轻姑娘的你。但是我们走得不算太远。晚安，我要睡觉入梦，或许梦里我向你走来。8月26日晚，床上。

（7）赫贝尔（1813—1863），诗集，汉堡，1842年。

因为大部分他的作品里开局才是诗意，但在完成过程中，"紧密连接性"（Unmittelbarkeit）消失了，所以，我们的父（Vater unser）经常把理解活动（Verstandesoperation）搞得极不自然，而"苹果树下""有洞察力""母亲（拉丁文mater）""处女（拉丁文virgo）"是不能替代诗意的。他几乎总是这样思考：最时尚的总是诗人，通常是伟大级别的诗人，他还停留在他的朱迪思的时代（施托姆在这段话里批评赫贝尔作品的诗意没能自始至终保持，并且借此挪揄了"我们的父"把某些文字搞得了无诗意，又挖苦"他"与时代脱节，此项笔者解释待商榷。文中朱迪思是《旧约》里的犹太人寡妇，把亚述将军荷罗孚尼斩首，救出民众。——笔者释）。

（8）女孩看来很俊俏。布道结束了，亡者的14岁女儿坐在我前面，现在牧师朗读被认定尊者的亡者永生名单。从开始我就看那女孩的面颊怎样地微微颤动，微笑红晕怎样地涨满了脸，越来越浓，直至如同一朵玫瑰绽放，然而她的名字没有（和我）一起受到训斥。

19　1842年5月9日弗里德里克给施托姆的信：

（信的主要内容是：汉堡城区大火，贝尔塔和德列莎来阿尔托那的弗里德里克家里避难，里面有短短一句转达贝尔塔和德列莎对他的祝福，也就是前面编号17信尾中被施托姆欣喜提到的。——笔者释）

20　贝尔塔给施托姆的信1842年10月20日：

（10月施托姆完成全部学业向贝尔塔寄上正式求婚信，并附有给德列莎的请求信，贝尔塔生前一直保存着这封求婚信。1903年她过世，她的养老院室友遵从她的遗愿，信阅后销毁，所以该信内容不得而知。[20, p. 11]——笔者释）

台奥多尔，好长时间后我又见到你的笔迹了，为什么我要否认你的信件的开头句子让我感到强烈的快乐呢。信如同我所希望的那样，我相信又认出你来，但读下去，快乐被蒙上一层迷云，因为它对我是生疏的想法。为什么你粗暴地夺去我，一个孩子的名字？（这段话应该是针对施托姆的求婚信而来。——笔者释）噢，相信我，这里面没有耻辱，在我的眼里，如果人们还称是孩子的话，它或许是对一个姑娘的装饰。

你一定理解我，我是以什么样的关系来指这种感情的。这种纯洁无邪、在如此美好人际关系中孩子对任何人备有的感情，年轻女子也会有。如果她们另外也作多方面考虑，对她们自己肯定有好处。

愿上帝赐福我可爱的母亲，如果我徘徊没有坚定走在正确道路上，她总是用最宝贵的爱给予我支持，如果现在我能说我心中仍是个孩子，我要因而感谢她。

台奥多尔，你是渴望我应该自由开放地作出回答，我从来不虚假。在我们都没听到过对方任何消息的这段长长日子里，我生活中出现更严肃和更重要的事：谢天谢地！去年我能够让自己不经打扰，献出整个冬天准备我的坚信礼。一位我无限宝贵朋友瓦尔特神甫，用信仰的手引导我通往这神圣日子。今年我遇到过的真实切身经历很多，这里我不想对你提起。就这些有助于纯净我的心灵和理智，有助于指明生活的原状。我内心有了很多改变，你完全不认识我了，否则你不会这样给我写信！

对我说来，说出你期待从我这里要的那个字眼，要你相信确实不是很容易的。你希望我好好地考虑，所以你也希望我好好地回答。我太年轻，还不能认真承受怎样地迈出我一生至关要紧这一步的想法。

不久前谢里夫姑姑对我说，你可能很快来到这儿，我真是很高兴再次见到你（因为就在最近我常常对母亲说起你，我们希望你考试考得好）。我愿意巩固我们的友谊，虽然这友谊被你的信造成少许损害。但是我这儿，不应该会有它，为此我向你伸出我的手，我们再在一起，恰似往常那般欢快、开朗和毫无拘束，从而我们彼此再度正确认识对方。

我希望，你在我的答复里不会发现任何强硬、无情和不友好，特别是它里面只有毫不拘束坦率的实情，至少，我不想掺入其他东西。

只是你的信现在让我的猜测得到证实，因为我相信那天肯定看见到了你，但是母亲坚持它不可能，因为她说，你认出我并向我致意那就会来我们这里。为什么这件事上我们非得欺骗自己呢？我知道自己，按我的感觉对这事给不出答案，而什么促使你恰恰在那个钟点去教堂呢？你可是从来没有一次在那儿待过啊！也是在那儿我相信认出了你，还向母亲开玩笑说：他的影像看来追随着我！我担心，你走进神父的房屋（教堂），带着不同于从教堂听到的思想，这样会使我为你感到遗憾。关于所有这些最好是口头详尽讨论，否则不那么容易能消除我们之间的误解，而这些误解我本是乐意想避免的。愿你过得好，我们不久再见，仍像以前那般地友谊相处。

你的贝尔塔

就是刚才我写完信的时候，母亲告诉我你和她通过信，我之前对此一无所知。

21　德列莎给施托姆的信 1842 年 10 月 21 日：

你按贝尔塔地址发的信我已转交给她本人，反过来我从她那儿取回（你附给）我的信。善良的施托姆，我能很容易地原谅你，我觉得您写的，与您最近一封信字面上近乎又是矛盾，它已让我觉得（信上）出现的这些话不是我期待的。

然而，对我继女的母爱赋予我某种程度和相当大的权力，尽管我确实没有支配她择偶的权力，我只能为了您善良的信任感谢您，而且，如果我对您的请求和询问没有给出满意的回答，请您务必不要误解。眼下贝尔塔的父亲极可能在巴黎，是不是返回德累斯顿还没决定，然而，如果你希望要的话，我可以把他那儿的地址给您，我不知道他对您是否完全陌生，但贝尔塔以愉快回忆方式向她的父亲告诉过你的诗歌和你们许多天真友好的交往。

您满有把握地给自己描绘了您的生活道路，台奥多尔，我能懂，完全理解，不过要澄清几点：

我觉得这些想法完全不可怕也不危险：年轻人理解的优美纯净诗意感知和青春快乐回忆，伴随有投入到多彩激荡散文诗般生活的丰富幻想。如果他倾听外面世界和活跃喧闹的同时，也还乐意生活在他的内心世界里，则为此您首先从我这里获取由衷的祝贺，祝贺您取得的见解，以及获取我友善关心您未来的保证。

您能在我这封信里找到贝尔塔的回答，我愿您避免年轻人的情绪，必须从她的内心和理解出发去考虑。如果他受特殊理由推使，了解人的内心最好的是由他本人，母性的爱和关心不总是能充分弄明白的。我读完贝尔塔的信，每个字都表达清晰，在这里面我完完全全认识了她，在她的年轻女子的感知里保存着那无邪童心，我私下满意地由衷相信，她用她年青人生收集到不可缺失物品的宝藏有助于她理解美好信仰、爱情和信任里面的自我幸福和痛苦。

你不需要我的保证，那就是贝尔塔写的信里没有加入我这一方那怕是最微不足道的字眼。您相信我，如果她对你仍还不疏远或者记忆中还没消失的话，你一定从中可以找出代表她特点的固有基本特征，你总可以从中辨认出她内在灵魂。

到现在为止，贝尔塔从您早些时候给我写的信里，除了齐唱部分没有任何其他部分。您或许忙于考试，时间对你是重要的。弗里德里克从您的亲戚斯图尔那儿得知您会到这儿来，她是八天前和我们说的，贝尔塔此刻收到您的信，带来并读它，她喊："啊，正如我想的那么好！"她可爱的眼睛看起来那么高兴，但随后她沉默了，请我读你写的那封信。

复活节前贝尔塔从她一个年轻女友的信札回来，她第一个问题是：台奥多尔来过这儿吗？她肯定您是遇见过她，似乎您的嘴角抽动一下没有作出致意。于是我催促她给出自己的说法，她不耐烦沉默起来。她的说法是她从教堂出来，后面这些与从您说辞一样。她对此保持平静不争论态度，她说过"确实这是我见到的最惊人的相似事件"。我必须说，我也不认为能够相信你真的在那儿出现过。

您错过很好的机会，在一个虔诚的童心里，洞察什么是深藏在现今动荡世界里的信仰，因为上帝倾听它和信任它。我们和贝尔塔父亲一起，在家庭般的宁静气氛里亲切地度过的时光，是我不能遗忘的美好日子。我心里极度痛苦对你说，只这一次了。

考虑到您的俯允宽容大量，请原谅我这封信最后不由自主写离题了。急于付邮，就此还有友善的再见。

德列莎·罗沃尔

22　德列莎给施托姆的信 1842 年 10 月 26 日：

在我可爱的贫瘠故乡以及我的家里，您应该会得到友好的接待和我的由衷欢迎，周四您不来的话，您选后面一天。我想，它应会让我们大家有愉快的回忆。贝尔塔向您致以最友好的敬意并向您感谢您那亲切的信。

永远友善的　德列莎·罗沃尔

23　施托姆给德列莎的信 1842 年 11 月：

我不能来了；像是天塌下来压在我的身上，我必须躲避。愿您生活好，上帝赐福您，并愿贝尔塔拥有一次像我心底里交给她那样的爱情。

24　德列莎给施托姆的信 1843 年 9 月 15 日（之前 10 个月他们已经中断了通信）：

善良的施托姆，你为贝尔塔写的投寄给我供审核的歌词，我准点收到并即时交付有关方，贝尔塔为此最诚挚地感谢您，您那么迅速履行了您的承诺。只是现在那么晚我才说出她对您的感谢，我个人必须对您承担责任并请求您的原谅。那部二重唱悦耳动听，如果贝尔塔的音调保证把牢，她唱的音色一定会讨人喜欢。她的老师说，正如谱曲者也表示出的意见，在男高音的伴唱下会很好听。但是对这首宁静歌曲却不适合，因为音色显得处在持续纠缠中。医生对贝尔塔直陈，她唱"G"音有困难，因而不允许她唱第二声部的升"G"音，要转成更低的音。

从派尔蒙特温泉返回后我们又迎来了伊策霍埃城来的女友们，与她们一起度过了再次见面的美好日子。我想您会从与她们相识中汲取到快乐。如果你的姑姑爱尔伯还逗留在您这儿，请您转告她，我由衷地回复她的问候。

此外，我愉快地听到古斯特小姐答应了警察助理海默的求婚，因为我联想起曾经远远望见他们俩在我们周边出现过。这样一来您的合唱队便要失去一个女主角，让我为您和为合唱队感到可惜。如果您愿意，请您向她表示，出于友谊我会去参加婚礼。不单是我，我的姐妹们以及贝尔塔都向您友好致意。

友善的，德列莎·罗沃尔

与朵丽斯的通信

关于施托姆和朵丽斯相爱的程度，20 世纪 30 年代之前的传记作者都语焉不详，主要原因出自盖尔特鲁德。她没有公开一些材料，争辩说这些材料是太私人的了。1936 年她过世后遗物拍卖，世人方能从未发表过的施托姆文字解读一些事件，后来更发现著名的两首诗《红玫瑰》（*Rote Rosen*，1847）和《秘密》（*Mysterium*，1847），[13,pp.35-36] 再清楚不过表明施托姆和朵丽斯那时的实质关系。《红玫瑰》和《秘密》笔者译文分别参见。[注10][20,pp.69-70]

笔者收集到 1942 年德国出版的由 Lüpke 编辑的《施托姆与朵丽斯、乔治·韦斯特曼通信》，"二战"期间民间出版物纸质粗糙，52 页共 11 封或说是段，应属最早出版的施托姆和朵丽斯通信集。这些信原先是施托姆和朵丽斯的唯一女儿弗里德里克（朵朵）所有，1939 年她去世后她的丈夫转交给出版商方得以公开。

1979 年 G. Ranft 编写了《施托姆和朵丽斯未公开通信》一文，汇编了 42 封信，包括 Lüpke 的全部和 1866 年以后的通信。此外还有朵丽斯 1848 年离开胡苏姆后到 1866 年与施托姆结婚前 18 年期间仅有的三封，其中两封属纯事务性，惟 1853 年那封颇有研究价值。

本节译出 Lüpke 编的全部信件[22,pp.5-22] 以及 G. Ranft 文中朵丽斯致施托姆 1853 年那封[23,pp.46-48,信编号1]，最后介绍施托姆信里提到的爱丽丝女士。[24,pp.46-68]

全节分成五个部分：

（1）1853 年 9 月朵丽斯致施托姆的信。

信尾标明"请毁掉这封信，不要让其他人读到。朵"。信内写的对象有时是对施托姆和康士丹丝两人"你们"，有时对施托姆一人"你"。信中的"小妹妹"（Dange），沿用了施托姆对康士丹丝的昵称。

（2）施托姆第二次结婚前夕，康士丹丝的父亲恩斯特·爱斯玛赫给他的信，译文照录 Lüpke 原书所附的施托姆纪念康士丹丝过世 10 年的一首著名悼亡诗"荒原"。笔者另附上施托姆另一首悼亡诗，写于 1865 年 5 月康士丹丝过世三周安葬前夕《浓重的阴影》的第一段。

（3）婚前几个月施托姆给朵丽斯的信，对即将为人妻的她交待照顾孩子的家务事。

（4）婚后 1883 年朵丽斯 55 岁生日施托姆的贺信和她的回信。

（5）施托姆与爱丽丝·波尔科通信。

朵丽斯·简森和施托姆和康士丹斯家庭关系密切，妹妹弗里德里克·简森是施托姆幼弟约翰尼斯的妻子，兄弟弗里德里希·简森是康士丹斯妹妹索菲亚的丈夫。[23,p.90]

以下作详细介绍。

（1）1853 年朵丽斯致施托姆的信。

佛贝斯勒特（Fobeslet，丹麦德国边界城镇。——笔者释）1853 年 9 月 3 日。

亲爱的台奥多尔，今天我和全家人来到此地。生日 8 天前就来祝贺是有点鲁莽，部分是因为担心这周来不及写，部分或许主要的是因为今天只我一个人在这儿，可以让我更加进入想念你们的状态；亲爱的台奥多尔，你过早地、并由于这样过早带来心情愉快情况下，收到了这封会是极尽可能坦荡和亲切的信，愿你和小妹妹度过非常非常幸福和快乐的一年，越来越幸福、更加无忧无虑。先前那些年份你的确有过很多忧郁危难时光，我了解那些，我在这儿也一直感受到，我常常祈祷上帝保佑你，这些日子这些年来，看上去心里和情绪都不舒服。相反它们引发许多魔鬼带来痛苦和艰难，处在幸福境况里是显示不出这些来的。主要的是，如果整个一生遇到这样（痛苦和艰难中）的一个，生活变得了无生趣，充满忧虑、放弃和悲伤。

八天后的那个星期四，我会一直一直非常想着你们，亲爱的台奥多尔，不过我知道是得不到你们任何消息的，这一天不管你在柏林还是你们一起度过，我几乎不敢奢望（参与）。而我会想到那些年我们一起度过的美好生日节庆，那些节日当然开心。很多忧愁日子已经过去了，我们是否能够再次以更密切关系生活？我总觉得你们不知道我是怎样地依赖着你们，如果我在你们这儿，我觉得我会表现出完全另一个样子，（那回）我对你台奥多尔，小妹妹说再见时，我确实觉得我的心应该是碎了。我清楚知道，安排我们见面不容易，我像做梦般地穿过走廊和花园离开。但是我一直觉得我和你们必定会再次见面。目前我不会首选在胡苏姆会面，为的是躲避它，因为你们再也不在那儿了，房子、花园、所有都在我心里唤起痛苦。主要是那个地方有过我们的家园，在那里我们感受到初次喜悦和初次痛苦，如果所有变成另一个样子，对我们是有点难以形容的悲哀，它不再是家园，是的，最好的小妹妹，相信我，在胡苏姆我心里感到沉重，我在那里不会变得快乐。这封信只是对你们亲爱的台奥多尔而来，不要让任何人看到它。人必须要有过一次说出心里话，允许我对你们这样做。其他人们不理解我！亲爱的台奥多尔，你们知道关于阿尼斯·维曼多尔夫的一些情况吧？请给我写点儿这件事。写些"凹巷"的事，我很少收到弗里特里希和索菲亚的信，你们真的可以为你们三个漂亮男孩感到高兴。

　　我还乐意想对你们再多说一些关于这儿的情况，但这里的人和地方对你们都是陌生的。这儿有足够的人际交往和社交生活，实际上有很多人我喜欢愿意来往，但所有都是泛泛新交。我不知道我面前会发生什么，我把自己封闭起来，离得远远的，不像以前那么轻易（与人接触）了。小玛丽在这儿，我当然很喜欢照看她。我还有米塔，她也是很好的，罗伦兹在家里太活泼了，所以这里大部分时间总是充满很热闹快活的声音，但是在这喧闹中，无法克服的忧愁常常侵袭我，人们认为它是乡思，可能也是一种本性乡思（Art Heimweh），我不知道。

　　其他方面我都好，我会尽可能是那般快乐和理性，亲爱的台奥多尔，生活要忍受所发生的一切，现在可爱的小妹妹和台奥多尔应该快些常些给我写信，这样我整个人会变得活跃和快乐。

　　玛利安去外地了，米塔和我暂时处理她的事务。亲爱的台奥多尔，你想想那个可怜的姑娘经受了怎么样的损失：她的父亲和三个成年兄弟，一个姻亲和侄子几天之内患霍乱在马绍尔姆岛死去。整个岛死去 14 个人，其中 6 个来自她的家庭。这不是令人毛骨悚然吗？他们是 17 个兄弟姐妹，而恰恰是他们的父亲和那几个兄弟承担家庭支撑责任！

　　亲爱的台奥多尔，现在再见了，在 9 月 14 日你也再一次想想朵，那天她会一直一直想着你们。台奥多尔，请快点给我写信，你答应过的，会遵守诺言的，是真的吗？问候你们全家、小妹妹和你！朵朵

　　请毁掉这封信，不要让其他人读到。朵

　　（2）施托姆和朵丽斯结婚前夕，他的前妻康士丹丝的父亲恩斯特

（Ernst Esmarch，1794—1875）写给施托姆的信，祝贺他们的婚姻。

1866 年 3 月 12 日，塞格堡。

我至爱的台奥多尔，

你的关于你与朵丽斯关系的通知没有使我们觉得惊奇，阿尼斯（朵丽斯的姐妹。——笔者释）就像她一向的友善和坦率，收到朵丽斯的信后没有对我们隐瞒信的要点。

我的理智让我充分同意你作出的第二次结婚的决定，因为有一群孩子以及由此带来的大量家务，你不能缺少一个照顾这些孩子的母亲和家务事主管。你的选择真让我们高兴和满意，我们由衷恳请我们亲爱上天之父能给予朵丽斯健康，就朵丽斯的既有身份乃至你本人满意而言，她确实特别适合。

对个人内心感情问题，第三者不应该有意见，保持缄默不下判断。我从自身角度理解，在第二次婚姻家务事一般处理流程里，理性比激情发挥更多的作用，这样做不会受到责难。另外我承认，你与我们不是那么有才华的其他人相比，你作为诗人和艺术家会有不一样的感受和观点。

你岳母和我祝贺你的朵丽斯，她是一个可爱的女儿，我们不能忘却女儿的称职继任者。啊，我们日日想念的至爱女儿！在你们 19 年的婚姻中，你这般深爱着康士丹丝，她有这么大的福分，我们到生命结束都感谢你。让我们挂念过早离去的逝者的同时，今后彼此珍重，保持紧密联系。

请求你的朵丽斯，请她替代我们离世的女儿，将子女对父母的一些爱也赋予我们。

我们这里都很好。暖冬对我们老人极为有益，因为寒冷是高龄老人的天敌。夏洛特应到了胡苏姆吧[注11]，告诉她，她托付外祖母照顾的两个孩子都非常健康和听话。

对你永恒不变的爱，

你的岳父 爱斯玛赫

纪念康士丹丝·爱斯玛赫

荒原（Über die Heide，1875，德国古典音乐家约翰·勃朗姆斯曾为此诗谱曲）

荒原上，遍传我的脚步声，
伴随它的徘徊，地底低沉回响。

秋天已来，春天还远，
可曾有过，无上幸福时光？

雾气弥漫，宛如鬼魅，
杂草黝黑，穹苍空寂。

我不愿，五月间来到这里！
生命和爱情，怎样地飞越而过！

浓重的阴影（Tiefe Schatten，1865）
要来的总会来的，
只要你活着，那就是大白天。
我觉得你的所在就是我的家，
我看不到未来的阴影，
我只看见你可爱的容颜。

（3）婚前几个月施托姆给朵丽斯的信。
（1866年，没有标日期）

我的朵，你给父亲的信傍晚用餐前送达，父亲正兴高采烈地玩着官方核准的数字奖券抽彩，用一些简单音节表示要猜的数字。你要知道，老人这般起劲玩，我们不能对它多说些什么。昨天对我说来却是个异常激动的日子。晚间，我坐在桌旁夹在其他人之间，大概有些不爱说话。母亲坐在我身边，很关切地看着我轻声地说："你大概想着朵丽斯？"事前我们谈过你现在还一直在旅途上。"我想念她们两个人。"我说，因为我的眼睛落在康士丹丝的画像上，它就在大房间那边墙挂着，我同时想念着她和你，现在约十点三刻，我的朋友很快就来迎接你了，但我觉得（你）还很远，其他人也是，但是不像她康士丹丝永远永远地那么远。我想着你们两个，你们两个可爱的女人，你们参与到我的生活，每人都占有我的爱。我说这些

105

的时候，这两位上年纪老人似乎完全感动了。我觉得，两个老人像我一样，深爱他们的康士丹丝，她死后继续爱着她。你和她一样，对他们都是很亲的，说远了，目前根本只是可能而已！

我的朵，你说到"我们的孩子"时，清脆声音让我觉到无比可爱，他们对你说"母亲"，我听到它觉得逝者好像被剥夺被遗忘掉。我的朵，让他们叫你"姑姑"吧，并且如果可能的话，让他们感受到母爱，这比反过来做更好（虽叫"母亲"却感受不到母爱。——笔者释），目前这事还不能由你决定。这样会使你有怎样的烦扰呢？就这样定了吧！我想到，我的朵，你或许不会同意这种想法，但你可能没有想到，我不能忍受孩子称你为母亲，因为对我来说，你与她相比重要程度是低些。我心爱的朵，你有没有想到过这一点？但是，我根本未曾爱你们的一个比另一个多些或少些，不会有，绝不能有的。

是的，我的朵，我曾专情地爱过，但只是在欢乐时刻对康士丹丝有过，（现在）我也这样地爱，这对她不是不公平，至少是我没有这样觉得，因为我感到对你的爱越是深切，越是能纯洁地想念她。

如果康士丹丝不是那么有个性，那么我们现在面对的会更容易些。但我想，我的朵，你踏上这个位置，会在我们面前引发关于一位美丽高贵人儿的争论，如果有一点争论也是好的啊！不管怎样，他们会欣然和充分地认可你。

胡苏姆（Husum）1866 年 3 月 21 日周三晚 9 时

我读你亲切的信，读到我们之间关系明确之前你是怎样地忍耐着。我可怜的宝贝！很自然的康士丹丝向我永久告别了；我长时间地目送她离去——其他人肯定说不够长——目不转睛地看着她，最后我再次环视四周，除了你我什么都没有看到。如果你那时也没有唤醒我，那就像其他什么都没发生过，只是时间变晚了些。我从心底感谢你，你所做的，你的爱情强烈和大胆使我感到心醉神迷。你知道，目前在我的方面，你使我感到幸福的方方面面，都好。

心地温顺可爱的夏洛特今天单独在我这儿。我告诉了她你信的内容，当然简略的，说你是怎样梦到康士丹丝，你是怎样回复我充满忧虑的信。随后我说："小夏洛特，你对康士丹丝怀念能保持更温柔些态度吗，你变得不甜蜜和不可爱了吗?"可爱小夏洛特于是开始哭起来说:"这可真是够受的!"这个姐妹的心有一点点认可你了,够了,你赢了。

周四早8时

我在床上重读你的信,我的朵,在某种意义上它是对的。通过我,你体验到你目前正与他人分享着的这崇高爱情。我的朵,你终究是一颗珍珠,但是你过去没有在它应有的位置上,现在,你最终得到了合适你的镶嵌托座。大家毫不费力都看到了你那可爱温柔光芒。

1866年3月25日周日

早安,我的朵!相信现在是七点,我醒了已很长时间了,躺着,想你。你想带领着我,让我信服你的幼稚信仰,我的朵(是这样吗)?这和事物的自然发展过程是对立的。人从孩子开始成长,当然,如果死前过早地陷入衰老,有时也会从成人变回孩子,否则是不会的,你也不希望我回到那样的儿童状态吧。但是,我的小宝贝朵,我很喜欢听你讲的甜蜜虔诚童话。晚上,在我的臂弯里,或是你撑起布满我的吻的手臂,给我讲亲爱的上帝,他怎样爱他的子民,没有人会被他遗忘,天使怎样把灵魂带给他,地球上自恋且迷失自我的人们,怎样虔诚地匍匐在他的足下重获自我。你用甜蜜可爱声音向我讲故事,我和你做梦,感受你的天堂。我的朵,只要你觉得可能和自然,愿你就是个孩子,我不强迫你,我静静耐心地等待,等待我的宝贝成为各方面相当能干的妻子那一时刻来临。孩子的心地善良状态还是那么可爱,会有力地抑制住任何不良扭曲,那是一定的。但是在我身边,你不可以抑制自己的智力成长。关于这点,你尽可安心,只要你乐意给我带来些亲切消息,我感受到的它们应是甜蜜的叮当声响。

事实上,无论恋爱、演唱和写诗我都行,你相信吗?我的爱情中的朵不可能是老婆施威那类人,因为每个人享有自己快乐的前提在于:让另外那个人的完整个性尽可能地充分自由发挥。

你对里斯贝茨(施托姆的长女,时年11岁。——笔者释)的判断比你丈夫(的我)更为正确,我相信,在纯洁爱情面前你看不见这些。(那就是)她绝对不受诱惑,她以爱面对,凡事有求必应,因为她具有极其真诚的内心。所谓的她执拗,部分的就是无助,如果有事情她认为自己无法对

107

付，她会号啕大哭而不是做做看。我的朵，你应该已经体验过这些，我的朵，哦，我是怎样地信任你啊，甜蜜可爱的妻子。你，朵，就女人方面，我是采珠人，事情因我而起。

因此我也将无条件地留住玛雷（英国女管家。——笔者释）。汉斯（施托姆的长子，时年 18 岁；下文恩斯特，次子，时年 15 岁。——笔者释）因病激起的尖叫，如果与女管家的情绪化大呼大喊比起来就不算太糟糕了。他每天喧哗骚动几次，现在衣物用品方面与恩斯特又相近，如果你引开汉斯，则（余下的）孩子们其实可以很好地相处。顺便说一下，孩子他们有足够的耐心忍受汉斯（的行为）。我的朵，有时我觉得，你像是接受一个麻烦既成事实的女仆位置，现在你只有放心大胆地去就位。以后你会看到，比起其他大多数的家庭，我的家庭精神核心是健康的。你会发现，我孩子的真诚和道德纯洁是极其少有。

夜 1 时半

最后一个客人刚离去，……我今天促使自己再唱歌。我的唱歌不再是愉悦什么人了。为了不让自己变得太悲观，以后我必须适当地振作起来。而且，我还是很乐意给你一点我真正喜欢的美好东西，唱歌和写诗，难道所有都应该结束停止吗？我的朵，对过去事物的情感加上牵挂着你，我心里觉得很悲伤。

1866 年 4 月

朵，我曾担心你搬入后玛雷还留在家里。先不谈我们以前在一起时相互非常干扰，现在我却担心，玛雷她用的方式对孩子根本是有害的。她有某种程度的神经质，没有任何理由就再三预设卡尔（施托姆的幼子，时年 13 岁。——笔者释）和里斯贝茨身上的任性和说谎是一种卑劣行为。想来她已经习惯这个具有女性特点的家，部分原因在于她的天性。我关心的是，先前（康士丹丝）传递到两个孩子那无私奉献和信任的声音现在一定要传递到你，我至爱的妻子那里，但是由于玛雷的目前情况，这件事从一开始会蒙上阴影。如果因此你也站到她那边，那更多是为了居间调解和摆平事情，而不出自你的信任、感受和真实状况。

我的朵，在这种备受误解的友情面前你需要注意了。因为不仅内在的威信、信任都会被无中生有造成动摇，而且感情上会受到不公正的对待。在往常公正（人际）关系中，如果有人对他的孩子说，我对你做得不公正，我的孩子会原谅我做的。反过来，孩子感受到本身确实受到公平对待时，他们在父母亲面前更是不会屈从，但父母威信从来不会因而受损。这些是我从最深刻的经验中得知的，同时在于我的教育程度比大多数人高。现在我的大儿子是我的知心朋友，他对我敞开心扉，我对他也同样。

　　一般教育，作为规律，年龄通常造成父亲和儿子之间内心隔阂。我的朵，我的教育缺点外露得很，并且在光天化日众目睽睽之下，而优点埋得深，粗心大意的眼睛是看不到的。长者们在我面前已多次认可和赞许你。如果我们长期共同生活过，其间你会使我得到公平的对待。培养出这种快乐精神天性，康士丹丝度过了最好的日子。

　　胡苏姆（Husum）1866 年 5 月 13 日
　　周日早 8 时
　　我的朵，在早晨的信里我还没对你说得太充分是有关对待孩子的事。你可以按你愿意的方式与他们相处，这些对我，也同样是对你，都一再反复说过。你甚至可以揍他们和关禁闭，或是这类令人吃惊的惩罚，我决不插嘴说："如果是你自己的孩子，事情不会这样。"我相信，你完全没有，现在仍然没有领会到：我是怎么地觉得我与你如同是一个人，我是怎么地觉得你这个人是最明白不过的。我认为不能理解你才是现有事物中最可怕的。噢，我计算着每个钟点直至你来到这儿为止。

　　你看，我有这么多的担忧，现在都是我一个人承受着：这个国家的糟糕处境，持续地消费我们的荣誉和良心，恐吓把我们带入冲突；我对统治我们和普鲁士人的那个党深刻仇恨；我昨天在宴会上领教过作为我们上司与我们对立这个党的代表。你不会相信，我没有立足之地时，内心持续地怀着悲痛和孤独的感觉。

　　后面的就是关于汉斯的事，钱的烦恼，与玛雷过的这贫乏生活。当前你在海德马尔申（Hademarschen），你只有爱情感受和对我的思念，你必须要忍受这些，或许你不是像刚说的那样想，但是，如果附带还出现其他很多困难，那时思念不再是甜蜜而成为艰难和无法承担的了。我每天承担所有这些，我总觉得，你可以试一次把头搁在她的胸上（当时施托姆的幼女周岁。——笔者释）试一下听听她的声音，随后你稍作休息，以便继续担负你的工作。亲爱的朵，世界上没有一个地方能比得上这儿（需要你），当前你是造福于他人和必不可缺少的人，在你所有熟人范围里，没有人像我那样需要你。我的朵，你不相信这个？如果是这样，如果我是最迫切需要你，那我对你是不是最优先的一个？

给我写几句，说说在这方面你是否没有理解我。你清楚，我的确有这么多的难事，既是这样，6月13日你还能不能成为我的妻子，充满爱心带来籍慰和帮助的妻子？

10 时

之后就是小姑娘艾伯和露特（施托姆三女和次女，时年四岁和六岁。——笔者释）的事了。她们今天早晨再围着抓住我，她们觉得无聊，像是无家可归似的。如果她们问玛雷任何一件事，她们总是获得一个严苛的字眼，如果她们问我，但这样做是不被允许的。噢，亲爱的朵，没有你的每个钟点对我是那么艰难，帮帮我。哎，我久久地张开双臂这般渴望着你。带着良好愿望的心灵来吧，你在这里一定会受到所有人的欢迎。

1866 年 5 月 14 日

周一早 7 时半

我亲爱的妻子，屋子这里缺的就是阳光，没有它，花儿生长不好，孩子发育也差。她活着时的阳光是过去的事了，现在你再把它带回给我们。因为除了其他之外，你的确具有使我识别出作为妻子的特点，另外还有与我的康士丹丝一样无碍大观的快乐情绪。很快你的肩膀就要承担责任和忧虑。我从来没见过你是这样，我能从哪儿知道这些？亲爱的朵，那是我有爱情的明智，况且我还是个诗人。玛雷其气质天性里从外到里就没有阳光，加上她一破碎人生。如果正确地思考，根本不会把孩子托付给她教育。汉斯，你的可贵崇拜者让我对你讲，整个花园种上夏秋季花卉的工作他都出色完成了。（汉斯最初是反对他父亲再婚的，施托姆特意提出汉斯为其和缓气氛？——笔者释）

中午 12 时

规定好的日期耽搁了；给你甜滋滋的妻子。我从花园来。爱丽丝女士有权利[注12]，但是我自己早就知道，在春天对爱情的守候简直难以忍受。

噢，甜蜜的朵，旧日时光再次重来，

我还年轻，你几乎还是个孩子，

就像让人躁动的沉闷空气，就像丁香散发的芬芳，

就像我心的搏动。

朵，漫长的四个星期以来我一直认真保持着，我们不要再有任何一点争吵。但这可能更糟糕。我们目前状态，我大致想象出像是涤罪所，它恰恰处在天堂和地狱之间，折磨人的现在，使人入迷的未来。

（1866 年）

透过花儿照入房间的春日阳光是这么样的明亮。噢，我的朵，这不是真的，我在康士丹丝的死后写了："希望悄然沉寂，我不会再追求幸福。"我确实追求过，竭力抓牢它。希望并没有泯灭，我想生活，生活。真的，出现了一个愚蠢的希望：如果我们还年轻，就我们俩人，我和你！我愿和你，再次创造根本无法估量只有青春才有的多姿多彩生活。现在，我的朵，它的确是这样的震撼和巨大幸运。再次与你完完全全一起生活，只是时间过去太久了它才来。

我的朵，或许你想过，身体的某个部分会比其他部分更早地体验到时间的巨大破坏力量？头脑和脸庞位于所有部分之前，或许是因为脑子里面有思想在紧张工作，手和其他则可能因为它们作为脑子的优先服务者，与脑子密切捆绑在一起。然后再是必需支撑承载着头脑的脖子。

下午 4 时 3 刻

我的朵，我愿给你记录下 1864 年我在这儿作的一首诗。那时我左边下半身有不算明显却持续的疼痛，更早时我身体已经十分虚弱了。那时我写出以下的诗：

Beginn des Endes（1864）（终结的开始）

它只是终结，几乎不痛，

只是感觉，刚接受到的感觉；

它总在喋喋不休，
它仍然干扰你的生活。

如果你要对他人抱怨，
你抓不着合适词句，
你对自己说，就当它没有，
但它依然没有放过你。

世界对你显得是少见的陌生
所有的希望悄悄弃你而去。
直到最后，最后你才知道，
死亡之箭正与你相逢。

我写下这首诗标题《终结的开始》，我把它告诉一位朋友，这首诗给了他深刻印象。但首先，我不应该是屈服于可怕猎人箭下的人。

胡苏姆（Husum）1866 年 6 月 5 日

晚 6 时 3 刻

前天我在给弗里德里克·谢里夫（施托姆母亲的侄女。——笔者释）的一封长信里，告诉了我们的婚事并预先通知我们 16 日或 17 日拜访。我的朵，这位亲戚是我所有亲戚中最最亲近的，会让我与你在她那儿感到实在的快乐。我一直受到这个家庭由衷的爱。我们会在那里度过一个愉快下午和晚上，你应该能体会到的。然后我们花三刻钟长途步行回来……在那儿会极其极其的愉快，如果他们在场，恰如其分赞许你是我挚爱的妻子，是康士丹丝的合适继任者，我会觉得心情很舒畅。

我至爱的朵，这些日子我想了很多，孩子这样预先欢迎继母进入家里毕竟少有，而且是发生在受到爱戴、少有的迷人和充满爱心的母亲过世之后。这主要在于你的个人品性，在于你温柔和细致的处事方式，在于你带来的善良亲切氛围，当然部分也在于我对孩子们教育的艺术。教育中最好的一点便是带来这样成果，孩子们对我的巨大信任、依赖和极为亲昵，他们认识到我当前的孤单寂寞和愿望，并且愿意我生活变得再略为更好些。

周三早 8 时

我睡得不好，我的甜蜜妻子。你不必忧虑，我们会继续向前取得进展，但是，我担心血里引发折磨人的烦躁，当然心脏可能还真的没有抛弃我。我感到，所有虚弱和烦躁得到这样珍贵、无限付出爱的悉心照料，应该是甜蜜幸福的了。噢，至爱的朵，我的头后靠在枕上眼睛闭起，也是非常甜蜜幸福的。"睡吧，她在你旁边。她是你的，她为你担忧。因为你属于她，她做的所有、所有都为了你，可爱的眼睛又在那儿了，从你的脸读出你的灵魂活动、所有欢乐和痛苦，而且还有一只柔软迷人女性的手，温柔地放在某个备受痛苦的位置上。亲爱的朵，你感觉到我会怎样地跪在你跟前，吻着你可爱的双手？"

我现在保持每天写上几行，直至你来！

（4）婚后 1883 年施托姆给朵丽斯的信以及朵丽斯的回信。

海德马尔申　1883 年 11 月 28 日

上午 10 时

我心爱的妻子，

茶会上收到你令人愉快的贺卡，让我们所有人特别是我感到快乐，我会向兄弟家人朗读它。昨天美好的日子似乎应是你的生日，也是欢迎来客的好日子，希望你们和我们可爱的女儿迪特（施托姆的四女。——笔者释）和谐相聚。我能够想象，晚上房间锁上门后，你们一起进行什么样的对话，她年轻的心因有你在，其间会怎样地开心。你们必定高兴万分顾不到关心我了。这对我正合适，我刚完成《格里斯胡斯春秋》最后场景修改，现在要开始新的了。意识到你的真爱我感到很满足，并且我有时也会去想象，由我带来的几乎使人陶醉的我们重新彼此占有。两个孩子都好！

周四早 9 时

我的朵，我的妻子，明天是你的生日。我研究了行程表，如果今天两点的火车没带走信，那你只能在生日那天下午才收到信了。无论如何信要早些付邮，两点之前。孩子们的信也是下午才到你这儿。你会收到旅行手提包、书以及书上献词，那是令人着迷也大大触动我心灵的一段手稿，因为我给孩子的母亲（康士丹丝。——笔者释）送过这本书的袖珍版。我为你保留一个装明信片的小盒子。但愿我们现在得到满意的正常婚姻生活，完全不被外界秩序破坏。我们的爱情至死不渝。我没有收到你的棕榈蝙蝠，我希望最快就是你生日那天晚上收到，肯定就会在我这儿。

你必须知道，我的朵，还是涉及那段献辞（见本小节最后所附。——笔者释），我刚创作了另一段献辞，显然不够令人满意，私密但没有充分防范，如果单单我们之间那是不成问题，献词名下是"献给朵"：

Widmung an Do（2）

人们警告过，不要直言幸福，

它太容易飞走不再回来，

我仍然说了，我的幸福或会死去，

绝不会发生的是：幸福在我前面破裂。

这些词语太过雅致，由于这样原因，它不会进入公众视野。我的妻，你愿意我以你为原型，对着你本身写出一个她；然后她让人觉得暖暖地在（书中）合适位置出现，朵朵那时体验过一把（朵朵，他们唯一的女儿。——笔者释），我好像已经详尽地描写过她了，这封生日贺信中就把她免了吧。我向朵朵借了你的照片，如果把这相片放大该是一幅美妙绝伦画像。相片上的你看上去多么年轻，带着可爱的亲切容颜坐在那儿，苗条又随性！照片应该放大，使之能够显示出所有的细节。证据就在昨天晚上，我持中立态度让在场的阿尔弗雷德和哈格小姐用小放大镜观察，意见都是令人惊讶一致。我会，至少是我自己会再试一次。你不在的这段时间对我来说真是珍贵，我一再用小放大镜细细地观看照片，让自己沉醉在你娇小可爱的容颜里。

周二晚10点你们顺路来，不是真的吧？对我们，这是一个最好时间，因为很快就只是我们自己，没有其他人，他们的爱只会使我们更累。我是多么高兴啊！我很好，希望你也是……祝福我们的小迪特，愿爱伴随着她！还有里特、古斯塔夫、里克（分别是施托姆长女和她的丈夫，施托姆弟弟约翰尼斯的妻子。——笔者释）和孩子们，一起快快乐乐。

你的丈夫台奥多尔

朵丽斯给施托姆的回信

圣港（Hiligenhafen）　　1883 年 12 月 1 日

我亲爱至爱的丈夫！今天早上，可爱的孩子们在这里，我们过了生日，我必须说，我由衷感谢你和两个可爱孩子的爱和好意。孩子们在这里让我很高兴，我很好。但你和其他人缺席确让我非常失落，以致我整天一直思念着你……

我亲爱可心的丈夫，你的信使我从一开始感到并将感到这般骄傲和高大，我是你的，我爱你，我的丈夫，拥有你我感到如此充实和高大，我们所有困难经历中，我们至少还有幸运、我们自己和完整的自我，这些并不是其他人年轻时代都有过的。你为我，还以我为原型亲手写出了深情美好的韵文、触动心灵的诗句。噢，我的丈夫，我是怎样地爱你啊！迪特，我们的小迪特读完了你的信后，我们出自内心地握着彼此的手热情地拥吻。她需要读读这封信，这封信（我们的孩子）朵朵到死要保留着的……

整个屋子都在庆祝，我，这个女孩没有忘记我的丈夫，我是这样爱你，爱你的一切，我无保留地喜欢你，喜欢你，我独一无二的丈夫。

你描下了画像，那很好，不然我或许要去基尔照像了。正如你愿意的，这儿大孩子们（里斯贝茨和她的丈夫古斯塔夫·哈斯牧师）无论如何也要有一张像康士丹丝那样的我的画像。

现急于付邮。

永远是你的　朵

另一首献给妻子朵的献词：

Widmungan Frau Do（1）（1883）

你问：什么原因，是什么将我们结合在一起？

该是世间应操心的那些？

我推究不是别的，而是在你面前大声叫出你可爱名字时

我感到的激动乐趣。

（5）施托姆与爱丽丝·波尔科通信。

在本节（3）的 1866 年 5 月 14 日信中有"爱丽丝女士有权利"这句话，笔者在注解 12 中认为是指爱丽丝·波尔科（Elise Polko，1823—1899）。

Elise Polko，1870. *Grafik von Fritz Kriehuber.*

　　爱丽丝·波尔科自 1862 年开始起与施托姆有密切交往。她的兄弟是德国非洲探险家 Eduard Vogel，她本人是歌唱家、女诗人和作家，出生于教师家庭，接受过完整的音乐教育，她的音乐才能被古典音乐大师 F. 门德尔松欣赏并推荐到巴黎学习，师从著名声乐教师加西亚（Manuel Garcia）开始其独唱生涯。1849 年她和铁路工程师 E. Polko 结婚，婚后放弃音乐专致文学创作。当年她的 *Lyrik – Anthologien*（抒情诗－诗选，1861）大卖，销量远远超过同期施托姆作品。她写了大量童话、传记小品、小说和儿童书籍，是 19 世纪下半叶德国知名作家。其中《音乐故事》（*Musikalische Märchen*，1852）一书迄今市面还能买到。但后期作品饱受批评，与早期大受欢迎情况形成巨大反差，她的作品和本人作家名字逐渐被人遗忘。只是近年研究施托姆的热潮，几乎出版了所有与施托姆有过密切来往人士的通信集，也带动了对施托姆和爱丽丝·波尔科通信的研究。

　　爱丽丝与施托姆相识动因是她要筹办施托姆刚出版小说《在大学里》的讲座。1863 年初，她写信给作者并附上自己前年出版的 *Neuen Novellen*（新小说）一书请他评论。施托姆看到书上爱丽丝照片觉得年龄像是刚过 30 岁，记下了他的印象：按照这照片，这位女作家极为漂亮和优雅，因此我是会回答的。[24,p.46] 施托姆赞扬了她的书，从而开始他们的友谊。七个月后 1863 年 8 月爱丽丝回信，为迟复道歉并谈到自己的病况，落款是"对友谊深切和温暖的信任"。

1864 年 2 月施托姆寄上他的小说《在海的那边》（*Von Jenseit des Meeres*，1864）和诗集。她在答谢信中触及自己的隐私，谈到自己丈夫的冷漠和他们的婚姻痛苦，请他作为朋友给出意见。

根据爱丽丝 1864 年 5 月回信表示不想失去儿子不离开丈夫，按逻辑反推可以认为施托姆给出的意见是解除所有约束，和她的丈夫离婚。现在看一下爱丽丝的这封回信写了什么，信中她再次描述了她与丈夫的关系，他们之间"眼睁睁相对，只有半句话可说"，并怀疑施托姆作为男人是否会同意女人享受有幸福权利。她承认自己欠缺"勇气"，因为她不想失去儿子，最终决定不离开丈夫，结尾是"祝福你挚爱的妻子，愿你和她分享来自爱丽丝内心的温暖握手"。[24,p.59,信编号9]

1865 年 3 月 17 日爱丽丝冒着被鄙视风险求助，信最后附言是："注意。这不是一封体面（ordentlicher）的信。我从头读到尾方觉察到，这是出自内心里呼吸深处，您想着我正如我想着您，不是吗？我叠起信纸，塞进一玫瑰色信封里去。您会很快开心地看出，您也会以宽厚眼光容忍，那塞入其中的纸条。请告诉我是不是这样。极其、极其由衷的问候。"[24,p.60,信编号10]按照著名德国研究施托姆学者 G. Eversberg 观点，这纸条是爱丽丝反复表达身体接近愿望（sie mehrmals ihren Wunsch nach körperlicher Nähe ausspricht）。[25]不清楚施托姆有没有回答。

1865 年 5 月 20 日康士丹丝产褥热去世，26 日爱丽丝写了感人至深吊唁信志哀，在另一信纸上写道："孩子怎样了？我可以接受你的（襁褓）小孩，关心和照顾她，把她带大。"她并且说："不久我会写有关我自身的决定和我们可能在什么地方见面。"[24,p.61,信编号12]

施托姆逐渐克服失去妻子的巨大打击，他寄给朋友也寄给她"浓重的阴影"这组诗。她回信："你的小诗，你的渴望叹息，我流泪读完，祝愿有这样渴望的那个人。"[24,p.62,信编号14]

1865 年 7 月他告知去巴登－巴登（Baden－Baden，德国南部温泉旅游胜地）会见俄国作家屠格涅夫，顺路访问他们，她表示全家极其欢迎他的来访。1865 年 9 月施托姆在明登她的家做客两天（Minden，德国西北部，保留中世纪遗风的小城）。

施托姆给自己家里的信提到："我很多机会和她单独相处"，[25]虽然单独相处过，并且有几乎相同的精神世界，但施托姆这一方没有把他们的关系发展成爱情。爱丽丝在当年圣诞节的信里抱怨，他从巴登－巴登回程没有如约再访问她：

"您没有再来我这儿，我因此很痛苦。亲爱的至为珍贵的朋友，我完全不能说出来，我几乎是算着日期过日子的，有谁知道什么时候再次见面！——您的孩子们好吗？谁和他们一块儿。您的心情看上去怎样，啊，我有太多要说，要问！"她还向他吐露自己的内心情绪："我现在身体和精神情况好多了，我拼命工作弥补耽搁掉的时间。我的丈夫插手帮忙，我要说，他只是力图帮助而已，效果虽然不完美，但还是很让人感动。"[24, p. 62, 信编号15]

信的结尾道：我很想念您，我经常谈到您，有您是这样可爱，您什么都可以对我说的。施托姆这次没有回信，1866年初他转而约会朵丽斯，3月份订下并筹措两人婚事，不再与爱丽丝联系了。按施托姆的个性和处事方式，朵丽斯应该知道这段铁事。

至于为什么施托姆没有优先接受爱丽丝的理由只能推测了。1866年爱丽丝与施托姆相遇已是43岁，他发现她"苍老"，他本人49岁，被他称为"金发老女人"的朵丽斯是37岁，但不只是年龄因素还有她极其糟糕的健康。爱丽丝对他说过，他的双亲1853年过世，她承担了转嫁给她的巨大债务，公职人员丈夫没有能力解决只能由她操心清偿，加上婚姻关系出了问题，她备受精神压力和折磨患病倒下多次，也许是她的健康情况使他退缩。出自他们意气相投两年半通信期间建立起的联系，可以想得到随时间变得日渐疏远。不清楚施托姆是否说过反对他们关系发展的话。现在存世的只有爱丽丝致施托姆的10封信和两封施托姆回信。缺失的施托姆信的要点有人按逻辑从爱丽丝的回信反推揣测。[24, p. 57, 61, 信编号6, 7, 8, 11, 13]

施托姆再婚后他们之间通信中止。七年后1873年他们恢复互通音信。人们知道，施托姆派他儿子汉斯和恩斯特去过爱丽丝那儿，另外唯一保留下来1887年的信中，他在爱丽丝建议下打算让女儿弗里德里克去她那儿当女管家，目的是接受声乐教育。

爱丽丝晚年收入没有保障，生活拮据，丈夫和儿子先后离她而去，她死于1899年，即施托姆死后的11年。

法索尔特《施托姆与康士丹丝通信》导言

2002 年出版的《施托姆与康士丹丝通信，1844—1846》（*Theodor Storm - Constanze Esmarch Briefwechsel* 1844—1846. *Kritische Ausgabe*）上 下 两 册 共 484＋592页，它的编者法索尔特（Regina Fasold，1954—）是日耳曼学学者，在莱比锡大学任科研助手期间被授予施托姆研究的博士学位，与此同时她长年担任圣城施托姆文学博物馆的负责人。2009 年她继续出版了施托姆与康士丹丝婚后通信一册（Theodor Storm - Constanze Storm Briefwechsel Kritische Ausgabe），第 490 页。

法索尔特在她这本书"编者的话"中谈到，该书是迄今为止关于施托姆与康士丹丝通信最全面的汇集，包括施托姆致未婚妻的信 136 封和她的回信 86 封，全部由手迹原件整理而得，施托姆与康士丹丝订婚这段期间的通信像是日记，他们似乎约定尽可能一周通信两次，施托姆更是把它变成他的新诗记录，两年多时间内创作 30 多首诗，他要求康士丹丝抄录下来，希望日后和她共同编一本"新诗集"。

法索尔特的该书"导言"提纲絜领分析了通信集内容，在全译本问世之前（有无需要另议），不失是研究者的有用指导。"导言"中涉及施托姆精神状况那部分文字晦涩，阅读起来有些困难，笔者加了一些注释，引文出处和施托姆精神状况更深奥医学讨论的冗长足注没有列入，省略它不影响正文阅读。还要说明，施托姆与康士丹丝写信不只是按天，而是按钟点间隔来写的，所以他们的一封信往往会包括好几段，文中如（信 19，第四段）就是代表该书信集里第 19 封信的第四段。

译自《施托姆与康士丹丝通信，1844—1846》

Regina Fasold：*Theodor Storm - Constanze Esmarch Briefwechsel*（1844—1846）. Kritische Ausgabe, Schmidt Erich Verlag　2002，pp. 9 - 20

1944 年复活节后，年近 19 岁的康士丹丝·爱斯玛赫结束胡苏姆亲戚家长达一个月的做客，离开他的未婚夫初级司法律师台奥多尔·施托姆，她确实没有预料到日后与一个未来的作家通信会变得这么样的疲惫不堪。只是几周前的1844年2月，在庆贺施托姆妹妹海伦娜的小型生日舞会结束时，她几乎是孩子气地即兴表示要和他结合在一起。他们的关系说来至少是一个地道传奇（他们的母亲是亲姐妹。——笔者释），她让她的表兄大大惊喜，在场朋友感到意外，内心又觉得好像理所当然。

未婚夫十分明确地向她提出了写信模式，其后相当长时间把她带入类似凯勒的讽刺文学小说"滥用的情书"里女主人公格蕾特丽的窘况[注13]。格蕾特丽是塞尔德维拉地区的一个干练妇人，让爱上她的教师捉刀代笔写信给远门在外的丈夫，她的狡黠却使自己最终蒙羞。而（施托姆让康士丹丝）每天写而且总是写最内心的感受，写生活中最近事态和最困难的文学形象，信中还要尽可能地不谈日常琐事，这些简直超越了这位赛格堡市长女儿的精神能力和平凡想象力。小说中的格蕾特丽那么自觉运用言辞反抗她丈夫的过分要求，让他不再把她认作才女"而只是一个娶进家门的普通市民姑娘，她也把他看成一个生意人而不是学者和文学爱好者"。但是康士丹丝却没有这样自觉，也许是因为对她说来两地分开不是一个问题。康士丹丝对她未婚夫责备的反应是倔强不从，然后失去信心，最终常常放弃和显得无助。她似乎没有能力简要地阐述针对她提出的讨论题目，确切些说就是没办法激发自己思想进行交流。（关于这点）想来她自己已经承认了，1845年8月底写道（信61，第二段）："亲爱的台奥多尔，如果你给自己选择另一个未婚妻，她对你在很多方面会更好些，我的精神禀性不是这种类型的，我不能满足你。"尽管如此，她总仍试图符合爱人对她的智力要求。不过她很少坚持，既然自己已经是这样，他终究也应该像她那样（配合去）做。怎么说康士丹丝和格蕾特丽都是脾气好和本质善良的女子，她不少次提出过停止他们之间的精疲力竭的争论，而施托姆每次总是非要再说些什么才结束。最后呈现在我们面前是一个有违教育理念的可悲结果：很长一段时间康士丹丝像回声般给他写情书。施托姆认为教育目标应该是完全另一个样子，那就是要把妇女培养成有活力的精神伴侣，在无聊平淡生活习俗中保护自己不陷入麻木，这又是施托姆在他双亲面前树立的一幅让他们感到害怕的图像。

比起大相异趣塞尔德维拉生意人、运输商兼心灵骗子的维克多（小说中的格蕾特丽丈夫。——笔者释），胡苏姆法律工作者施托姆，一个真实的艺术家，一个有才华的人，他想通过通信努力建立起与妇女的理想关系，他身上具备这认真态度，当然让我们对这种爱情环境下造就的结果抱有极大的兴趣。在施托姆这种想法下，约 17 个月通信时间（不包括 1844 年 7 月底到 1845 年 7 月中旬康士丹丝在胡苏姆的时间）生成的上百封信对文学研究具有很大意义，尤其是提供了内容丰富连续性的文字资料，可以用来研究作者的个人品性。施托姆在给康士丹丝日记式的情书中，尽管按艺术惯例和文学模式做了某些修辞，但他没有伪装，经常根本不加控制且直言不讳地发表意见，这（于一般人而言）是绝无仅有的，也造成了艺术创作带给这个男人内心强烈的紧张和焦虑。下面择要地谈谈信件反映的施托姆想要建立的情侣关系，它们也只是施托姆在其文学的爱情讨论中部分地阐述过，目的是让读者熟悉这些内容丰富的书信，它们的存世，首先归因于施托姆式的两性关系以及由它引发的频繁大量的通信。

　　两年半订婚期间，这对情侣的生活表观情况（彼此）通报很及时：康士丹丝在赛格堡过着一种出身市民家庭备受呵护女儿的生活，她的家庭在家乡小城里属于典范。她是这个孩子众多家庭的长女，除了两个兄弟，还有六个五岁到十六岁的妹妹，她通常更多地是照看年幼的妹妹，另外一半时间花在家务上，例如大量的洗濯工作，或者告知有客人来时入厨。她的父亲是小城赛格堡的市长，职务的工作量有限，身为市长的他也能做些支持家庭主妇的工作，让自己充当厨师、侍女和教育年轻女儿的老师。这位姑娘一天花好多钟点做手工，准备生日、圣诞节和婚礼的礼物，例如从 1846 年春天开始，康士丹丝就不停地缝纫、刺绣和编织做她的嫁妆。1845 年夏，她作为德高望重绅士的女儿，地区慈善机构请求她协作，工作涉及为两岁到六岁贫困阶层孩子设立教养所的"等候学校"。这一职务要求康士丹丝每 14 天工作两小时，虽然她极其强烈抗议，也依然持续到 1846 年秋天她结婚时才结束。占去她最多时间资源是赛格堡"第一"家庭轮流举办的"社交聚会"，这种社交聚会也同样在家庭教区监护人舒尔茨、区行政主管左默尔、医生亨宁和区行政官员罗斯的家庭举行。聚会必须掌控合适避免乏味无聊，对年轻人它的高潮要数小型跳舞娱乐，确切说是一种团体游戏，对老年人则是波士顿牌局。康士丹丝信中绝不报告这些活动经过和谈话内容，只是说些当日最普通的私下议论，但也仅止于片段而已。

　　对刚才提到的（赛格堡）事情，在胡苏姆也看不出有什么太多不同。

施托姆订婚后，如果他不去"凹巷"父母住所那儿吃晚饭，通常就在他"大街"房东的聚会度过晚上时间，包括与考夫曼、卡尔、恩斯特和施密特，以及他年青时期的朋友约翰博士、洛伦茨、海恩里斯和库曼玩三人牌戏或四人惠斯特（桥牌前身）牌局。然而和康士丹丝不一样，周围的精神荒漠让他真正意识到痛苦和他反复抱怨的对立情绪（参看信48）。为了弥补这一遗憾，1843年四月中旬他创办了一个合唱团，每周排练要求颇高的当代合唱音乐，他有一个像他在柏林和基尔求学时代享有的那样朋友圈，他觉得它是胡苏姆绅士连同他们妻子女儿都不能替代的。1846年出现转机，他认真结识了胡苏姆区行政秘书官员伯林克曼，一个感觉敏锐有教养的年轻人，他们流传下来的通信证实两人后来建立了真挚扎实的友谊。在朋友联系中，令人惊异的是，订婚后的施托姆中断了几乎所有以前同学的通信接触，至于最后几学年的一个重要关系台奥多尔·摩姆生则值得单独再研究。施托姆丢掉与一些人的通信关系虽然容易理解，这里假定只有 F. 罗斯、C. A. 克兰特、G. 诺特和 A. 吕特肯等人，但在施托姆日记式书信中，确实没有找到任何与其他很信任的人有真实往来的迹象。如果不是《石勒苏益格－荷尔斯泰因及劳恩堡1850年民间话本》出版者 Biernatzki 兄弟的话，那么可以认为，施托姆在这些年告别了年轻人的鲁莽行为，也告别了能够成为抒情诗人的大好前程。

但事实并非如此，单是给康士丹丝信中就发现多达30余首诗，其中不少正是从爱情关系直接孕育出来的，（由此可见）施托姆不缺艺术家的自信！虽然他没有把献给康士丹丝的诗向第三者读过，但此时此刻，他已经扎扎实实地创作了许多具有艺术家水准的诗，其中有《为什么紫罗兰散发芬香》（*Warum duften die Levkojen*）（信52，第五段和信195，第二段），《在爱人怀中生活过的人》（*Wer je gelebt in Liebesarmen*）（信32，第二段和信55，第一段）。如果把施托姆订婚期间表征为他发展的一个阶段那就过分夸大了，他这个阶段的特点是，他对自己所在平凡环境做出了有点成问题的过度反应，包括了对他家乡政治发展的不寻常冷淡观望态度（当然，非常少人参与政治活动），但却有利于他更大范围的个性心理反省，按他的禀性，他简直想把康士丹丝关起来与外界脱离。

从一开始，施托姆宣称的目标就是把他未婚妻打造成"我内心生活和教育的参与者"（信159，第二段），以此目标进行的通信交流是一理想工具，一些著名的范例使它变得更有吸引力。首先，可以认为是同时代的作家贝梯纳 1835 年出版的那本书《歌德与一个孩子的通信，他的纪念碑》[注9]，它是歌德和贝梯纳之间关系的权威文献，书中通信文字之后屹立着深奥的思想。与它对比，康士丹丝的信内容当然看起来是更加差了。施托姆直接仿效歌德，肯定在家里朗读过他写给康士丹丝 19 岁生日的信，更甚之，他还懂得告诉其他人自己年轻时的一个故事，这故事完全类似《威廉·迈斯特》第一部第 3 ~ 7 章描述的主人公与女演员玛利亚娜的经历（参见信6）。毫无疑问施托姆是一个有野心有抱负的人，既作为艺术家，也作为未来的丈夫！不过，他的妻子形象却是要看齐这位古怪、毫无顾忌凭自己幻想行事的可爱人儿贝梯纳。

　　这期间，伊默尔曼（K. L. Immermann，1796—1840）的小说思想和主人公对施托姆有强烈的影响作用，伊默尔曼是德国那个时代著名的艺术批评家和现实叙事艺术先驱，他能带引施托姆接受歌德首先是他的两部作品，《吹牛的人》（*Münchhausen*，1838/1839）和《回忆录》（*Memorabilien*，1839），两本书都通过通信，用引述和暗示方式引出它们的主题思想。当人们读到"家庭"那节的生活回忆、读到"婚姻和圣事连结一起，不在于基督教教会的本意（Sinne），而在于人的本意因而也是上帝的本意"、妻子"在丈夫某种情感里……（有）她最高尊严和最高级别的高尚"，及至"这般地提升她的，原本正是上帝为她创造的杰作"的时候，人们会误认自己似乎听到施托姆在规劝康士丹丝的声音。

　　针对可悲的妇女教育解放运动，伊默尔曼在他的家庭生活批判分析中也指出，按他的看法德国婚姻的悲哀有它自身原因。因此他建议，要做到让女孩子"内心有认知判断力，以（阅读过）若干伟大的历史和文学作品"为指标。施托姆逐字逐句地从《回忆录》抄下这些段落给康士丹丝。如果不完全是小市民和家长制（的家庭），那么父亲，确切说是已婚男人，他们对妻子积极引导监督的教育计划目标，无非是她在精神方面给丈夫营造一个家庭氛围的舒适安全场所，以今天观点来看会觉得这个要求相当低。但是应该看到，施托姆那个时代和他出身地位的一般婚姻常态是这样的：原则上妻子和丈夫两地分开生活，社会活动也局限在居住地，结果妻子实际不参与家庭决策而是等候丈夫（回家）支配，施托姆对这种婚姻常态持保留态度。从施托姆信里可以推知，他的父母亲的婚姻就是这类型。与等同

于自己母亲那样的一个女子结婚的想法让施托姆内心充满颤栗:

"我的精神容易过于激动,过于狂热,以致不能与这样的妻子生活。因为(我的)母亲甚至根本不懂得节俭,为此出现持续不断的、对好好打理家庭来说纯属多余的事务谈话。比方说丈夫一时觉察到黄瓜腐烂了,父亲不满意他的妻子,他这种闷闷不乐是可以理解的,因为母亲事实上太过无聊,也可能是他让她当家当成这样的。不,小妹妹,(我们要的)绝不是这样的婚姻。上帝护佑我们与它直接面对!"(信54,第六段)

也因为这个,施托姆于是日复一日为康士丹丝写下他成页的看法,里面夹带阅读心得、作品阅读指引、唱歌练习安排,他还没有忽略他对上帝和世界的确实含义的反思。这个未婚夫不倦地努力让他未婚妻理解生命临终、灵魂不朽和死后爱情的继续存在。从通信的持续讨论题目很清楚看出,施托姆的信中包含的想法是不仅要教育塑造自己未来妻子,而且要让她熟悉他的精神世界。他对康士丹丝按一种很基本方式作出需求,在这个威严老师下,她终究能达到的精神独立性也就是这样的了,总之是在其中扮演一个从属角色。在康士丹丝对他的问题、想法和激情的反应中,施托姆其实期待他们爱情具有"外表可以看出来的征象"(信76,第二部分),一种他生活上需要的、他单方面规定了内容尺度和表现形式的爱情。施托姆不仅用书信层层包围着康士丹丝,一个她绝对看不明白的精心设计监督系统,并且他还测试她的感情。对此她当然一再表示反感:

"我常常对你沉默乃至掩盖了一些我希望和愿意的想法,只是因为我尽管生气但仍盼望着,如果你爱我并且悄悄地向我说出我既往的痛苦,如果你的感情不只是一般表面的话,你一定能够猜出我的这些痛苦。如果在无拘谨孩提年代那时你没有猜出,那么,既往的烦恼会极其辛酸地突然爆发出来。晚间我从布雷德施泰特(Bredstedt,胡苏姆北20公里)回来时就是这样的状态。

你没有想过我还会回来,我发过牢骚,我没有肯定说过我不会再来,这样,你心里一定忙于从中推敲种种可能。我是故意隐藏它的。魔鬼引诱做一个试验,我心里对你爱情信任取决于它(的结果),根据这个结果我提前知道了你也许会经受不住这个考验。"(信5,第一段)

这个年轻姑娘开始时觉得,让她未婚夫感到安全有保障这世界上最简单的事,就是她对他的诚恳、真情和持续付出,在这般复杂、伴随失望和误解的关系发展中，双方再三出现过失去信心以及充满关系破裂的杂音（参见信 70，130，172，180，182，189 和 192）。施托姆自己清楚，"我全然是一个特别需要爱情的人，需要从你那里绝不停止地得到大量的和长期的爱"（信 65，第五段）。被他看成是长处的这种对爱情非常态需求背后，潜伏着他怕失去康士丹丝的深深担忧，他在信里作过很多次而且是没有根据的妒忌攻击，事后自己却从不担责（参见信 195）。代之是他，一个年轻人，却不断地探讨自我结束生命问题。施托姆病态地像害怕被威胁毁灭那样，害怕没有人关顾他。他害怕到什么程度，从他不断提的问题就可见一斑，姑且先不要想得太远，就是康士丹丝能不能假定他死了之后她对他的爱仍然永久持续，这是她对他作了无数次肯定答复而他仍一再重提的问题。在这种问答游戏里，几乎没有人能接受施托姆所主张的人的超验论行为（Transzendente Wesen des Menschen）讨论。关于这点，随便什么时候人们都能一下子达成共识的。

施托姆想来必定倾向伊默尔曼、威尔康姆（E. Willkomm）、海涅和青年德意志派的宗教批判思想，在与康士丹丝世界观交谈中他掩盖了自己的一个心理心结，他的问题总扯到要不停地获得爱情保证，简直过分，超越了一般人的尺度，因为很明显，只有想象这样的无限爱情，才能部分地消除他的恐惧并暂时地受到控制。其实，他需要通过心理学所谓的"神入"（empathisch），也就是需要一个能感受他内心体验过程的正常人，面对面而且持久不断地（对他的言语）作出反应。这就是他所谓的"爱情的未雨绸缪措施"（信 78，第四段），他的未婚妻没有经常这样做让他感到失望。更甚之，他期许的目标是一种共栖（symbiotisch）关系，两人心灵合二为一（psychische Inkorporierung），[注14] 他的伴侣，最终能像他支配自己生活所需身体各部分一样，也能支配他；还有，他认为爱人要持续地交换每一种思想和每一项感情活动，有助于消除彼此之间分歧和（地理）分隔；如果伴侣间只能书信往来，则要尽可能地频繁每天通信，借此他可以不断地检查康士丹丝的教育和写作进程；信里他也经常利用预先推算的收信日期，对爱情对象进行影响力很大的监督。遗憾的是，他的小妹妹总还"另外一个样子"是他烦恼最深层原因，经过疲惫不堪争论后康士丹丝最终也猜到了，她写道：

"亲爱的台奥多尔，我的信是什么样，是长或短，是喜爱或不喜欢，执拗或谦恭，你满意或不满意，总受到完全是千篇一律的指责。你可以挑剔你觉得是最可爱的人，你现在不能口上说只能在信上写，现在事情是这样，所以我应该让自己逐渐习惯。我把我这儿收到的你所有的信，从头到尾一封一封向你指出来，你会发现没有一封你没有指责我。亲爱的台奥多尔，我费心费力，我争取你满意，但都没有成功过，我清楚地感觉到，在这生活中，不会有了。"（信81，第四段）

由于细微原因招致她的情绪不可避免地失控后，他写道："我这边少少几个字给你带来这么大的愤怒，使你气愤达到极点"（信75，第二段），他把这愤怒不仅看成是康士丹丝受到的委屈，竟然同时把它解释成他们强烈爱情结束的确凿信号。施托姆成页地描述他的心身（psychosomatisch）病痛带来的糟糕压抑情绪，字里行间对他未婚妻充斥大量指责："康士丹丝，我心情悲伤，从昨天晚上起烦恼一再浮现，让我身心疲惫以至失去知觉，我相信，我现在就会精神错乱！我可以忘记我爱人早先的深重罪孽，更早先的背信弃义，现在的疏忽和冷酷。"（信10，第六段）他在信中能以这种方式就自己内心状况清晰地发声，（反过来）说明至少有了治疗效果，也就是他能放松情绪暂短工作并且有心思把工作做成。之后又是新的一轮失望直接把他击垮，再后，重新开始面对活体对象的工作（die Arbeit am lebendig Objekt）。这种长期疾病压力严重存在，看来根本没有解决章法，但是康士丹丝做到了，这是她值得尊敬的成就。她独自一人以她的无私、信任和耐心给了她丈夫依靠，他明白这点："你治好了我的忧郁，我崇拜你！"（信78，第六段）她是否真能治好他关系错乱医学上当然有极大疑问，因为在人的个性结构里，这种严重缺陷的成因可能产生在儿童的早期。但是她经久坚持，为施托姆长期提供了某种反应，籍此他稳定了自我（情绪）并能工作。婚后很短时间内，他的"共栖"病状的截然相反的一面看来显露出来了，施托姆实在畏惧被他爱情对象囊入其中失去自由，以及他处在得不到朵丽斯的痛苦中逃避婚姻责任，那时康士丹丝没有丢开她的丈夫不管。（有意思的是）施托姆非常能忍受他所爱的人要求持久接近他，能忍受的首个表现是：他知道这些合理要求对他是有点危险的自我约束。在订婚期间由于距离引发双方无休止反复争吵中，在这对情侣长时间一起处在胡苏姆或塞格堡时，已经开始发觉上述病状的最早征兆了。

对于源自文学文本的传记资料里所谓的"经历虚弱反映"

（erlebnisästhetische Projektion）人们持有各种保留观点，大概不会看不到施托姆这样明显表露的"个性错乱"（Persönlichkeitsstörung）。今后，在考察以处理悲剧性爱情和家庭关系为优先主题的他的艺术作品时，这种"个性错乱"涉及他对作品中的父母亲、妻子、朋友和孩子关系的处理。对于这种强迫性观念的内省，加强了他对人的感受和行事内部隐匿动机的洞察力。在他的有限情绪引发放荡不羁行为里面，在他的极危险恐惧和耗尽精力的渴望中，以及他可能遇到过许多带有个性色彩的神话，都对他以后所有文字几乎都产生了影响。以上这些有益于施托姆的艺术发展的种种，应该记录为案例。

康士丹丝·爱斯玛赫最终为她和施托姆的爱情付出了什么样的代价是难以估量的。出身于小城市中层阶层妇女和姑娘对婚姻要求有限。经济保障、主管与身份门第相称的家庭事务、有女仆至少应该是一项必要条件。她的丈夫工余后，晚上不是在饮食店度过，就是在家里阅读浏览，或是演奏室内乐，偶尔他会从康士丹丝与她年轻时代女友通信知道些什么。查尔斯·狄更斯的1846年小说《壁炉上的蟋蟀》女主人公多特·佩里宾的生活，可以与他的未婚妻作诸多比较，至少离康士丹丝的婚姻想法不远。然而，年轻妻子面临一位专横和任性丈夫带来这些精神问题，对于很熟悉自己外甥的康士丹丝母亲来看，认为不会成为婚姻障碍，更别提离婚一说："我希望我们会把母亲的（这种）想象……毁掉。"[注15] 所以，康士丹丝在1946年3月18日信中道，"我总有预感，你会过份地折磨我，（母亲）她老说，你这方面和你父亲一模一样。"她几乎发誓般添加道："这不是真的，我亲爱的台奥多尔，我真是太清楚知道了……你绝不会老这样闷闷不乐对待你的小妹妹，不是真的，我唯一至爱的台奥多尔！"（信150，第二段）。

今天的读者通过彼得基（Peter Gay，1923—2015，性学史学者。——笔者释）了解到，在19世纪两性关系完全不是那么古板，即便如此，读施托姆的信依然会惊讶这对情侣谨慎但不僵化的这种最私密事情的谈话。施托姆和康士丹丝订婚后不久很快就有了性关系，很可能是他作为爱的证明要求她的，她也愿意满足，然而，为所爱男人因而付出了代价最终她还是稍有不安。施托姆知道用同情和温柔方式安抚他未婚妻这种担心，但他总用她的"委身"来约束她。虽然康士丹丝的自然本性是彻头彻尾一个年轻快乐感性女子，说到底还是处在她的时代和她的身份道德压力之下。与曾和他上过床的丈夫两地分开对她也许几乎不成问题，然而他们私下亲密关系还是给施托姆提供了（写出）令人极其陶醉的性爱情书的机会（参见信179），康士丹丝根本无力对抗这般文辞优美、感情全然失控引发起自我折磨的书信。这些信件目前仍经常现身用于案例比较，所以我们今天还是应该感谢这对情侣的后裔，他们没有毁掉这些罕有的爱情文化见证。

请读懂这些私密的通信对话，它们源自施托姆丰富多彩精神世界的大量观察了解，宁可说是无心造成，但是在他的胡苏姆四十年的日常生活中一直持续着。除了关于宗教和教堂的看法外，人们从中首先知道的是，他大体上赢得了父母和兄弟姐妹的好感，其次他的一些司法律师活动，他与胡苏姆士绅的联系，城市里小型社会和文化热点，重要政治事件的个别零星反应，丹麦克利斯蒂三世女王禁止公开显示石勒苏益格－荷尔斯泰因地区旗帜乃至丹麦国王关于该地区王位继承权的"公开信"，最后是 19 世纪中叶在该地区德国小城市生活的风情画的印象。

（完）

盖尔特鲁特《施托姆与未婚妻通信》导言

施托姆的女儿怎样看待和评价她的父母亲之间的通信？盖尔特鲁德汇编过《施托姆致未婚妻的信》（*Theodor Storm – Briefe an seine Braut*，1916，7 + 313 页）和《施托姆致妻子的信》（*Theodor Storm – Briefe an seine Frau*，1915，4 + 196 页）。与她编的其他通信集一样，由于她没有经过专业教育和缺乏科学素养，出于维护她父亲形象，或者出自她个人不喜好的某些内容，例如她父母的私生活以及仍在世亲戚的信息等，她会抽掉整封甚至是一组信不编入内，更甚之她会随意把不同信件里的文字段落安排一起又或者截短，所有这些做法无不被后来研究者诟病至今。此外，她没有收入她母亲哪怕是一封信，据说是不愿向公众暴露其文字水准。法索尔特曾把盖尔特鲁德出版的信逐一与施托姆手迹原件比较，发现它们都毫无例外地被涂抹和加工过，因而学术价值大打折扣。在法索尔特等后人汇编的全集出版后，相信盖尔特鲁德编的这两本书已部分地失去了学术参考价值。

她的另一本书《施托姆致妻子的信》收集的信的日期从 1852 年开始，晚于《茵梦湖》发表日期，所以笔者没有译出。本书《施托姆致未婚妻的信》的"导言"共七页，略去与通信本身无关内容如双方家庭背景和交往介绍，订婚后施托姆和康士丹丝的一些日常活动等之后，余下只有三页多点。

译自《施托姆致未婚妻的信》

Gertrud Storm：*Theodor Storm – Briefe an seine Braut* Bei Georg Weftermann in Braunschweig，1922，pp. IV – VII

……

1843 年圣诞节来了，康士丹丝仍逗留在胡苏姆。圣诞节前夜分送礼物时，她思乡，情绪低落，（父亲领着她）从庆祝圣诞节房间偷偷潜入一个蜡烛几乎燃尽的无人居住房间，确实就像他随姨母安慰她那样，向她讲他的思乡小说"圣诞树下"故事。父亲从康士丹丝得到的（圣诞节）礼品，那个暗红色丝绸钱包应该是他留着却最终还是没有保住，它成为我自童年时代起多年来的最神圣财产。像我父亲所说的那样，这时刻是他们相互倾慕的开始。1844 年 1 月他们订婚了。父亲写给他未婚妻康士丹丝的信显然与向他友人伯林克曼坦白的话矛盾，后者已在我写的关于作者生活文章里公开，其中声称："我和康士丹丝，更多是在一种宁静亲和感情中，手相互牵在一起了。"是的，他后来向他未婚妻承认了，"他当初没有爱上她。"但是，信的读者不久以后就不能不相信，短短一段时间后，他的心充满了对康士丹丝深沉的爱确是真的。1846 年 5 月 11 日，这位未婚夫写给他的未婚妻信中道："在我们的爱情中我感到无比幸运，不仅在此时此刻，而且是在我今后在世的所有日子。这份爱情是我最神圣的，我的一切所有，我愿意带着它来到上帝面前，因此，我不能停下来不给你写它。"即使她像我父亲后来自身所处情况那样，身体虚弱多次病倒过，但是他绝没有停止爱着康士丹丝。后来他们长期两地分开，她的健康状况也还是那样。

我母亲和我父亲订婚时是十九岁，朝气蓬勃快乐纵情，还是有一些关于（未来）生活的严肃想法。

她有清晰理解能力，但由于在塞格堡很差的学校里上学只学到很少的知识。因此，我父亲很快地开始对他的康士丹丝进行教育。他在写给未婚妻的信上花了很多时间和功夫，他尽力开阔她的眼界并作解释说明，他把通信看成是建立他们之间精神关系和（塑造）他未来妻子的主要手段。

为了推动康士丹丝（进步），他取来数之不尽有关音乐、诗歌、生活和社会的大量资料，还有根据他信里建议以及他所开出的有用材料。用这种方式，为（未来）共同生活建立起他们丰富的心灵联系、共识和美的追求。

康士丹丝后来成为他的文学知音。每当我父亲向母亲朗读他的诗歌创作时，如果这刚创作的作品含有合心意开头，她会说出"真好啊!"，父亲特别开心听到它。爱情上，我父亲对母亲的要求后来越来越变得没有节制，他常常折磨她。他的内心冲突总期盼着新的爱情凭证和新鲜的爱情氛围，其中之一就是他力求与他所爱的人，每个想法、生活观点和信念上都要一致，他忍受不了他和康士丹丝之间有任何不可说的存在，任何的不和谐必须要说出来，直到共同解决它们为止。还要达到心心相印相通的境界。

……

（施托姆写于 1857 年康士丹丝生日《你还记得》（Gedenkst du noch）的第一段。——笔者释）

你还想到过，那个春天的夜晚，

我们从窗户俯视，

黑暗里花园神秘地散发

茉莉和丁香的芬芳，

头顶上的星空那么遥远，

时光飞逝，你还是那样漂亮、年轻。

盖尔特鲁特（完）

1967 年西德纪念施托姆 150 周年诞辰特刊
中的《毛泽东喜欢〈茵梦湖〉》一文

　　2000 年出版的《施托姆的〈茵梦湖〉评论观感》一书第 57 页写道："1967 年标志施托姆 150 周年诞辰，在胡苏姆举办了纪念学术报告会并且地方报刊出了特刊。这份增刊描述了施托姆的生平、他的作品、政治态度和法官生涯、作品里现实和诗歌的关系、近期研究状况、他的合唱团、他最著名的作品《茵梦湖》以及台奥多尔·施托姆协会。它还报道毛泽东是施托姆作品特别是《茵梦湖》爱好者，他喜欢《茵梦湖》的自然景色描写。"但文中没有注明出处。[12, p. 57]

　　2004 年 C. 莱特的专著《危险的关联：施托姆小说里引发矛盾的实际经历的文学处理》（*Christine Reiter：Gefährdete Kohärenz：literarische Verarbeitung einer ambivalenten Wirklichkeitserfahrung in den Novellen Theodor Storms，Löhrig Universitatsverlag Gmb 2004 D – 66368 St. Ingbert*）第 12 页写道：施托姆协会 35 年前为纪念施托姆 150 周年诞辰曾报道过，施托姆研究如同其著作本身一样越来越赢得世界性地位。在这个时刻（中国文化大革命——笔者释），读者已经获悉，有关施托姆世界意义的证据是充分的，因为毛泽东和其他中国民众一样，也极其喜爱《茵梦湖》。该文注解里说明它引自德国《胡苏姆通报》（*Husumer Nachrichten*）1967 年 9 月 4 日为纪念施托姆 150 周年诞辰发行的特刊。

　　笔者收集到该特刊原版，最末一页上有路德维希·托马斯（Ludwig Tomas）写的报道，"毛泽东也爱《茵梦湖》——施托姆和他的作品的世界意义"，该文"中国读施托姆作品"标题下的内容是：

　　上面已经提到，施托姆的诗作早就进入日本。同样，有世界帝国之称的中国也不例外。《茵梦湖》《普赛奇》《玛尔特和她的钟》《三色紫罗兰》《燕语》《白马骑士》《淹死的人》《格里斯胡斯春秋》《哈得斯雷本胡斯的婚礼》和《忏悔》在中国有多种译本。中文译者里面数魏以新最为出色。[注16]

　　新近我们注意力转向中国政治家毛泽东，安娜利泽·马滕斯博士

（Anneliese Martens，1907—1990）在盖斯特哈赫特市（Geesthacht）一次电视节目里简短地谈到，毛泽东特别偏爱施托姆的小说，尤其是《茵梦湖》。关于"为什么"问题，她表示毛泽东特别中意里面的风景描写。让她更有资格作出这一评价是因为马滕斯博士不久前署名"王安娜"出版了一本恢宏历史著作《我为毛战斗》，该书对中国人和其政治家的真实精神气质给出了饶有意思的诠释。[注17]

王安娜（Anna Wang）是安娜利泽·马滕斯的别名，我国前外交部副部长王炳南的前妻，近几年他作为中国大使在华沙进行中美大使级会谈。王安娜认识到中国革命的伟大，作为宋庆龄的助手，（1949 年后）还在北京生活工作了六年。1959 年她返回中国一次，收集科研工作所需的材料。

安娜利泽·马滕斯博士在《我为毛战斗》书中，从自身的认知描述了毛泽东的个性和抱负：

"这个把健全理智、敏锐智慧、农民和学者混合成一体的人物再三吸引了我。他没有去过外国，不说任何外语。但是，他对外国的机构和礼仪有很大兴趣，他阅读比较老的西方小说和历史著作，据此得出观点与众不同，令人常常刮目相看。我去看过他，他的宽敞房间里，桌上的烛光将怪诞影子投射到拱形天花板和刷白的墙上。桌子和木箱上放着书、杂志和地图。看来他的杂家阅读名声是有根据的。他让我看斯宾诺莎、康德、黑格尔和卢梭著作的译本。他好多次告诉我，他会连续三四个晚上读完了一本特别有兴趣的书。"

针对我们的提问马滕斯博士还透露：1937 年在延安毛泽东的窑洞里，我见到施托姆《茵梦湖》一书的译本，面对我有点诧异，毛泽东向我说，他，如同其他许多中国人一样，非常喜欢《茵梦湖》。终究毛本人写抒情诗，大家都知道他对自然描写的兴趣。

这一出自专业人士之口向我们的告白，只能再度说明施托姆作品在其他各民族人们中极受欢迎的程度。从美洲越过欧洲到远东，无不证实了施托姆作品的世界意义，在筹措今年九月胡苏姆纪念他 150 周年诞辰之时，人们会再次表达和强调这一点。

（完）

《毛泽东喜欢〈茵梦湖〉》一文扫描件

Sonderbeilage Seite 12

Auch Mao Tse-tung liebt „Immensee"

Die weltweite Bedeutung Theodor Storms und seines Werkes / Von Ludwig Thoms

Das Interesse für das dichterische Werk Theodor Storms ist weltweit. Das hat sich erst so recht in der Nachkriegszeit erwiesen, als nach dem kriegerischen Weltbrand wieder die Aufmerksamkeit der literarischen Welt auf alles geistige Leben und Schaffen gelenkt wurde. Es ist seltsam, aber aus dem Wesen und Wert Stormscher Dichtung durchaus zu erklären, daß sie längst Eingang in die Weltliteratur gefunden und die dichterische Persönlichkeit Theodor Storms Weltgeltung erlangt hat.

Das weltweite Interesse für Storms Werke ist schon so groß, daß es im Rahmen einer kurzen Betrachtung nicht annähernd zu erfassen ist. Der amerikanische Kontinent bleibt dabei ebensowenig ausgeschlossen wie der Ferne Osten, von Europa selbst gar nicht zu reden. Das gilt nicht nur für die weltweite Verbreitung Stormscher Werke, sondern nicht zum wenigsten auch für die Storm-Forschung, an der das Ausland in hervorragendem Maße beteiligt war und ist, so daß der amerikanische Professor E. O. Wooley aus Blomington (Indiana) schon vor etlichen Jahren ein Storm-Bilderbuch herausgab, daß der italienische Professor Cozzi fast alle Novellen Storms ins Italienische übersetzte und auch die Herausgabe Stormscher Gedichte betreibt, daß der amerikanische Professor John H. Ubben von der Universität Kentucky in Lexington (USA) eine umfangreiche Arbeit über „Theodor Storm und Gottfried von Straßburg" schrieb und u. a. das Alkoholproblem bei Theodor Storm

untersuchte, daß auch japanische Professoren Stormsche Werke übersetzten, daß Professor W. Silz von der Columbia-Universität (USA) u. a. eine Arbeit über Storms Meisternovelle, den „Schimmelreiter", schrieb, daß Professor Clifford Bernd von der Universität in Nord-Karolina das Werk „Theodor Storms craft of fiction" verfaßte, daß Professor Robert Pitrou, ein bedeutender französischer Biograph, einer der besten Biographen über Storm herausgab, daß Thomas Mann über Storm Wesentliches aussagte, daß erst vor wenigen Jahren ein Standard-Werk über „Theodor Storm, seine Welt und sein Werk" von dem leider einem Verkehrsunfall zum Opfer gefallenen Studienrat Dr. Franz Stuckert in Bremen erschien, das in seiner Tiefgründigkeit und Urteilskraft kaum

zu überbieten ist, sei es schließlich, daß im Laufe der letzten Jahre im In- und Ausland Dissertationen über Theodor Storm und sein Werk erarbeitet wurden, deren Zahl gar nicht mehr genau zu ermitteln ist.

Es ist zweifellos ein Verdienst der Theodor-Storm-Gesellschaft in Husum, namentlich ihres vor einigen Jahren verstorbenen Sekretärs Carl Laage, die Arbeiten auf dem Gebiete der Storm-Forschung und die neuen Ausgaben Stormscher Werke erfaßt und in der Husumer Storm-Bibliothek gesammelt zu haben. Dazu gehören auch die handschriftlichen Manuskripte und Briefe des Dichters.

China liest Storm

War im Vorstehenden bereits erwähnt, daß Storms Dichtungen schon seit langem in Japan Eingang gefunden haben, so ist davon auch das Weltreich China nicht ausgenommen. In China gibt es mehrmalige Übersetzungen der Novellen „Immensee", „Psyche", „Marthe und ihre Uhr", „Viola tricolor", „In St. Jürgen", „Der Schimmelreiter", „Aquis submersus", „Zur Chronik von Grieshuus", „Ein Fest auf Haderslevhuus" und „Ein Bekenntnis". Als einer der chinesischen Übersetzer hat sich Wei I-hsin hervorgetan.

Neuerdings wurde unsere Aufmerksamkeit auch auf den chinesischen Staatsmann Mao Tse-tung gelenkt, von dem Frau Dr. Anneliese Martens, Geesthacht, in einer Fernsehsendung kürzlich berichtete, daß er eine besondere Vorliebe für Theo-

dor Storms Novellen, besonders für „Immensee" habe. Auf die Frage „Warum?" äußerte Frau Dr. Martens, daß ihm daran besonders die landschaftsschilderung gefalle. Frau Dr. Martens ist zu diesem Urteil um so mehr berechtigt, als sie unter ihrem chinesischen Namen Anna Wang kürzlich ein ganzes Geschichtswerk „Ich kämpfte für Mao" im Christian Wegner Verlag Hamburg herausgab, das über die wahre Mentalität des chinesischen Volkes und seiner Staatsmänner interessante Aufschlüsse gibt.

Anna Wang alias Frau Dr. Martens war die Frau des heutigen stellvertretenden Außenministers der Volksrepublik China, Wang-Ping-nan, der als chinesischer Botschafter in Warschau in den letzten Jahren die chinesisch-amerikanischen Gespräche

führte. Sie kannte die Großen der chinesischen Revolution und wurde ihre Mitarbeiterin. Sechs Jahre, bis 1955, lebte Frau Dr. Martens in China. 1959 kehrte sie noch einmal nach dort zurück, um Material für eine wissenschaftliche Arbeit zu sammeln.

Frau Dr. Anneliese Martens schildert in ihrem Buch „Ich kämpfte für Mao" aus eigener Kenntnis die Persönlichkeit und Ambitionen Mao Tse-tungs:

Immer wieder faszinierte mich die Mischung von Bauer und Gelehrtem, von gesundem Menschenverstand und scharfem Intellekt. Er war nie im Ausland gewesen und sprach keine fremde Sprache. Sein Interesse an ausländischen Einrichtungen und Sitten war jedoch groß, nur ertappte man ihn oft bei merkwürdigen, auf seiner Lektüre von älteren westlichen Romanen und Geschichtswerken beruhenden Ansichten. In einem geräumigen Zimmer standen, als ich zu ihm kam, Kerzen auf dem Tisch, deren Licht groteske Schatten auf die gewölbte Decke und die weißgetünchten Wände warf. Auf Tischen und Kisten lagen Bücher, Zeitschriften und Mappen. Maos Ruf als Alllesleser schien begründet zu sein. Er zeigte mir Übersetzungen von Spinoza, Kant, Hegel und Rousseau. Manchmal, erzählte er, lese er drei oder vier Nächte hindurch, bis er ein Buch, das ihn besonders interessierte, ausgelesen habe.

Frau Dr. Martens hat uns auf unsere Anfrage noch weiter folgendes eröffnet:

„Ich sah 1937 eine Übersetzung des Buches „Immensee" von Theodor Storm in der Wohnhöhle Mao Tse-tungs in Jenan. Mao Tse-tung sagte mir auf meine etwas verwunderte Frage, daß er, wie übrigens viele Chinesen, „Immensee" so sehr liebe. Aber schließlich hat Mao selbst lyrische Gedichte verfaßt, und sein Interesse für Naturbeschreibungen ist bekannt."

Diese Äußerungen aus berufenem Munde können nur noch bestätigen, wie sehr die Dichtungen Theodor Storms auch bei Menschen anderer Völker Aufnahme gefunden haben.

So schließt sich von Amerika über Europa bis zum Fernost der Kreis um die weltweite Bedeutung Theodor Storms, die während der Veranstaltungen aus Anlaß der 150. Wiederkehr seines Geburtstages im September dieses Jahres in Husum erneut zum Ausdruck kommen und unterstrichen werden wird.

Storms „Der kleine Häwelmann" auf japanisch

-Immensee

Weiß erblüht die Was

Von Professor Dr. Hiroshi Gokin, Professor an der Ni

Im Winter - es war im Jahre 1944 - arbeitete ich in der Fabrik, die in der schneereichen Gegend Japans lag. Ich war Student von 18 Jahren. Der zweite Weltkrieg war so heftig und so heiß geworden, daß wir Studenten sorgenfrei im Lehrzimmer nicht mehr lernen durften. Jeder Japaner mußte in mancherlei Weise am Krieg teilnehmen. Mit den Studenten wurde auch keine Ausnahme gemacht. In der Fabrik beschäftigten wir uns mit der körperlichen Arbeit vom Morgen bis zum Abend. In der kurzen Zwischenpause der Arbeit verschlangen wir Lehrbücher und bemühten uns, nicht zu vergessen, daß wir Studenten waren. Nur während der Nacht konnten wir freie Zeit finden und uns in unsere privaten Bücher vertiefen.

Es war beim schwachen, kalten Licht einer solchen Nacht, als Theodor Storm mir zum erstenmal begegnete. Das Buch „Immensee", das mein Freund mir geliehen hatte, ist in jede Nacht mit Hilfe des deutsch-japanischen Wörterbuches. Die Novelle ging an einigen Stellen über meine Kräfte, denn ich lernte Deutsch erst seit anderthalb Jahren. Aber wie tief das mich gerührt hat! Ich kann es nicht beschreiben. Ich fand darin Ruhe, Frieden und Reinheit, die um mich her schon längst verloren waren. Die Jugendzeit, die der Krieg mir mit Gewalt fortgenommen hatte, atmete voll Sehnsucht und füllte mir das Herz mit ihrem frischen Hauch. Trotz der Müdigkeit wegen der schweren Arbeit des Tages schleppte ich mich

ke, mit der er gegen die Welt kämpft hatte, und seine Handlungen. Von da an hatte die Wasserlilie, im Mondlicht zart und schön blühte, nicht mehr nur etwas Märchen- und Traumhaftes, sondern sie erwarb auch das kräftige, wirkliche Leben, das am hellen Tage auch nicht welken würde, in meiner Seele.

Heute, nach 22 Jahren, gibt es in Japan sehr viele Studenten und Studentinnen, die nichts vom Krieg wissen. Glücklicherweise können sie ihre Jugendzeit genießen und aus freiem Willen handeln. Die meisten lesen Deutsch und auf der Universität. Dabei werden „Immensee" und andere Werke Storms gern gelesen, weil sie allgemeine Bücher von Storms Werke leicht bekommen, weil seine Werke fast alle ins Japanische „Immensee" z. B. schon etwa dreißigmal übersetzt sind.

Vor kurzem habe ich in der Klasse den Studentinnen „Immensee" vorgelesen und danach einige Fragen an sie gerichtet. Elisabeth, die der Mutter Anweisung gehorchte und sich nicht mit Reinhard verbinden konnte, sondern den mädchen von dem sagen: Reinhard ein welt schuld daran als Elisabeth gewesen, er hätte aktiver sein sollen. Es ist die unvermeidliche Tendenz der Zeit, daß Sittsamkeit der Frauen, die ein Japan eine der schönsten Tugenden war, heute nicht mehr gilt. Aber es ist dennoch auch

《大厅里》（*Im Saal*，1849）

下午有儿童洗礼，现在接近傍晚了。受洗孩子的父母与客人坐在喧哗的大厅里。坐在他们中间是这些人的祖母，其他老老少少的人也是近亲，这些人里面，祖母则是整个家族最年长的。孩子按她的名字"芭芭拉"命名，但孩子还另有一个漂亮的名字，因为对这么可爱的小宝贝来说，芭芭拉听起来实在太古板了，她的双亲和许多朋友一样都反对，然而，老迈的祖母却对她长时间选出的名字是不是实用一无所知。

宣教士做完他的工作稍后就离开，留下就是这个家庭圈子的人了。现在祖母又挖出多次讲过受欢迎的老故事，并且不是最后一次地重复讲。在座的人彼此都相识，老人看着年轻人长大，最老的寿星看着这些老人头发变灰，讲得最多的是些可爱和风趣的儿童故事，如果祖母不讲其他人都是不知道的。没有人能讲她说的故事，她的童年处在其他所有略知其中一些故事的人出生之前，所以她的年龄必然远远超过在座每个人的年龄。谈话期间天色已开始变晚，大厅西向，红色晚霞透过窗户照在带有石膏花饰白墙的石膏玫瑰花上，当前笼罩一片寂静，人们听见远处低沉单调的莎莎声响，一些客人在倾听。

"这是大海"，年轻女子说。

"是的"，祖母说，"我常常听到它，它好长时间以来一直就这样的。"

之后没有人再说话了。窗前外面，种植岩生植物和有假山的庭院上耸立着一粗大椴树，人们听到树叶下麻雀渐次安静。家庭主人抓住安静地坐在他身旁妻子的手，眼睛盯住古式皱纹石膏天花板。

"你有什么要说的？"祖母问他。

"天花板裂开了，"他说，"墙上的搁板也下坠了，大厅旧了，祖母，我们需要改建它。""大厅还不太旧，"她回答，"它要重建时，我会知道的。"

"重建？早先这儿是什么样的？"

"早先？"祖母重复着，随之她沉默片刻，坐在那儿像一幅了无生气的画像，她的眼睛回顾过往的日子，她的思想处在实质属于已经消逝事件的阴影里。她接着说："到现在有八十年了。你的祖父和我，我们后来常常聊到这个。那时大厅门不是通向屋子里面的房间，而是从屋里通向一个小小观赏花园。现在这样子的门不再有了，这种老式门上有一块圆玻璃，如果朝大厅门的方向走去，透过这圆玻璃便可以直接看到下面的花园，花园位于有三级台阶深的地面，梯子设计成两侧带有彩色中式扶手，椴树亭子后面有一条宽大撒着白色贝壳的小径，两旁是低矮黄杨围起的狭长花坛，椴树亭子前两樱桃树之间挂了一秋千，挨着花园高墙的亭子两侧是树枝向上仔细扎起的杏树，就在这儿，夏天中午时光，人们往往能见到你的曾祖父规规矩矩地上下来回散步，中间用报春花和荷兰郁金香装饰一下花坛，或者用树木韧皮捆住白色细杆。他是一个具有军人举止、修饰整洁的强壮男人，黑色眼眉在扑白粉的头发中衬托出他那高贵的外观。

一次，在一个八月中午，你祖父走下花园小梯，那阵子他还远远不是老态龙钟模样，现在我老眼昏花，眼前仍然看见他是怎样步伐轻盈地向你曾祖父走去。他从带刺绣的工整皮夹子里取出信，恭敬弯腰地递上。他是一个极优秀的年轻人，一双温柔友善的眼睛，黑色发兜（Haarbeutle，用于把长发或假发扎好置于其内——笔者释）可爱地垂落在他的生动的脸颊和银灰色布外衣上。曾祖父读完信后，点头同意并和你祖父握手，他的态度想来对你祖父已经是很好的了，因为他很少这样做。然后有人呼唤他进屋，你祖父来到了花园。

亭子前的秋千坐着一个八岁小姑娘，她热心地看着膝上的一本画册，太阳光炽热地照着她的头发，明亮的金色鬈发挂落在她晒热面孔上方。

"怎样称呼你啊？"年轻人问。

她把头发往后晃去道："芭芭拉。"

"你要注意了！芭芭拉，你的鬈发在太阳下融化了。"

小家伙用手捋了一下晒热的头发，年轻人轻轻笑了，这是一个非常温柔的微笑。"它还没有融掉，"他道，"来，我们来荡秋千！"

她从秋千跳了出来"等等，我要把我书保管好"。她把书放入亭子里后，他要把她抬进秋千，"不"，她道，"我自己就行。"她自己上去坐到秋千板后喊道，"推啊！"于是你的祖父便去（向后）拉，他感到她的发兜绕着他的双肩时左右飞舞。载着小姑娘的秋千在阳光下升高走低，明亮卷发洒脱地从她两鬈飘起。她总觉得荡得不够高。当秋千快速飞起闯入椴树树杈时，鸟儿从树杈棚蹦出飞向两侧，熟透的杏子滚落地面。

"那是什么?"他道,抓住秋千。

她笑他怎样会这样问。"那是红雀(Iritsch,北德土语,即 Bluthänfling 赤胸朱顶雀——笔者释)!"她道,"不然它们根本不会这样害怕!"

他用秋千把她举起,被举向树杈棚,灌木丛间有深黄色果子。"你的红雀款待你啦!"他道。她摇摇头,把一颗熟透的杏子放到他手里。"给你!"她轻轻地说。

现在你的曾祖父又回到花园。"他要当心了",他笑笑说,"他可摆脱不了她了!"随后他谈些工作上的事,两人就进了屋。

晚上小芭芭拉被允许(和大人)一起上桌,是这个友善年轻人为她请求的。当然,事情完全不是像她希望的那样发生。客人们坐在她父亲那一边上方,她只是一个小女孩,必须坐在那个最年轻的文书后面。因此她很快地吃完饭,站起身沓着腿向她父亲座椅走去。但是她父亲正在和那个年轻人热心地谈着账目和贴现,这些人根本没有看她小芭芭拉一眼。是啊,过去了八十个年头了,但老祖母还记得,那时小芭芭拉是怎样地极为不耐烦,根本没有好气对她好人儿父亲说话。钟已敲十点,现在她要说晚安了。当她向你的祖父走来,他问她:"我们明天荡秋千吗?"小芭芭拉又变得很快活了。"他啊!他真是个特别喜欢孩子的人。"曾祖父道。而事实上他本身已经是不由自主地爱上了这个小女孩。

接下来一天傍晚,你祖父动身离开了。

然后八年过去了。冬天,小芭芭拉常常挨着玻璃门站着,对结冰的圆玻璃呵气。她透过门上窥视孔往下看到积雪花园并想起那美好的夏天,想起闪闪发亮的树叶和暖暖融融的阳光,想起总窝在树杈棚里的红雀,那回熟杏子怎样地滚落在地上,想起夏天日子,想夏天时最后总想到那一个夏日。多年过去了,小芭芭拉年龄翻了一番,根本不再是小芭芭拉了。但是,那一个夏日在她的记忆里永远还是个亮点。最终某一天,他真的在这儿再出现了。

"谁?"叔叔笑着问,"那一个夏天日子?"

"是的,"祖母道,"是的,你祖父,正是一个夏天日子。"

"那么然后呢?"他又问。

"然后,"祖母道,"新郎和新娘,小芭芭拉变成你的祖母,她就在这儿你们中间坐着讲老故事。还不算是太久远吧。先是婚礼,为这个婚礼你的曾祖父造了这个大厅。现在连同花园和花卉在内像是都消失了，但这不着急，中午他很快就要来保养那些生机盎然的花卉。花园建好了，举办婚礼。它是个愉快的婚礼，被客人们后来长时间谈论着。你们，这儿坐着的你们，现在必然是处处在场。而那时你们当然不在，但是你们的父亲和祖父，你们的母亲和祖母，还有一起谈论过的人都是知道的。以前真正是一个平和质朴的年代；他们想都没想过要比国王和部长们来得高明；热衷政治的那些人被称为"准政治家"（Kannegiesser）；人们安分守己，鞋匠就是为邻居做鞋；女人取名都是特丽和施婷等普普通通名字；大家按自己的身份穿着打扮。而现在，大家的上唇胡须甚至蓄得像地主和贵族骑士那样。你们想要什么？你们要掌管一切吗？"

"是的，祖母，"叔叔道，"贵人和有权有势的人，他们生来就是好命。这些人应该成为什么？"

"噢，贵人"，年轻的母亲拉长声音道，用骄傲充满爱慕眼睛看着她的男人。

他笑着道："停下来吧，祖母，或许我们都成为男爵，整个德国统统都是，不然我看不到什么办法。"

对这话祖母没有回答，她只道："在我的婚礼上没有谈论过任何国家的事，说话四平八稳。如同时髦新社区里的你们一样，那时我们都很快乐，桌子旁是有趣的猜谜以及即席创作诙谐诗，餐后小吃时唱'祝你健康，邻居先生，酒杯要空空！'的歌，其他的人也唱起好听的歌，这些歌现在都忘了。大家倾听你祖父透亮男高音的歌喉。那时人们彼此之间还彬彬有礼。争辩和大呼大喊，在上流社交聚会里被看作是非常不体面的。现在，情况变得完全不一样了。你祖父是个温柔平和的男人，他早已不在这个世界上了，我觉得他率先走了好久了。将来时间到了，我会跟着走。"

祖母沉默片刻，没有人说话。只是她的双手感到抓得很紧，它们仿佛想保留住所有这些。一个祥和的微笑出现在老人这张可爱的脸庞上，她看着他们的叔叔道，"大厅这里还举办过他的葬礼，你那时才六岁站在棺木旁哭。你的父亲是个严厉的健壮男人，'年轻人不哭'，他说着并用臂膊把你举起，'你们来看，他死了，像是一个勇敢的男子汉'，然后他偷偷地抹去脸上一滴眼泪。他对你的祖父始终怀有一种由衷的尊敬。现在他们都去世了。今天这个大厅里我从洗礼盆抱起我的曾孙女，你们给了她你们老祖母的名字。愿亲爱的上帝同样赋予她像我以往岁月同样的满足和幸福。"

年轻母亲在祖母前跪下并吻了她纤巧的双手。

叔叔道："祖母，我们会拆掉整个老大厅，重新培植出一个观赏花园。小芭芭拉仍会在那儿。会有女人唱歌，她就是一模一样的你，她会再度坐上秋千，太阳应该会再次照在孩子的金色鬈发上，或许在某个夏天下午，祖父也会扶着小小中式扶手下来……"祖母笑着说："你是个幻想家，你祖父也一样！"

《身后事》（*Posthuma*，1849/1851）

　　送葬队伍走进教堂墓地，饰有花圈的窄小棺木，六个抬棺人和两个随行。这是一个静谧夏日清晨，墓地还沉湎在湿润飘渺阴影中，只有太阳光已照在新墓穴周边掀起的泥土上。抬棺人徐徐放下棺木，脱下帽子低下头，在眨了几下眼的时间里聊会儿天，再循原路折返，死者立墓工作转给余下的人完成。泥土很快堆上，又是一片静寂和孤独的阳光。墓地上的十字架和纪念碑，骨灰坛和尖塔的影子，缓慢地在草坪上挪动。

　　这个墓位于墓上都没有石碑的贫民区。仅是些低矮的土丘，风吹过，将落在路上的尘埃卷起，然后雨从天降，将地区搞得一片迷离。夏天夜晚小孩子们这上面奔跑玩耍，最后冬天来了，厚厚的雪落在上面，它们整个儿都看不见了。但是冬天不会永久停留，春天又来了，然后是夏天。其他墓上，雪花莲从土里冒出，长春花盛开，玫瑰发芽爆出硕大花蕾。这里也一样，草芽、青草和艾菊也在墓上生长旺盛，红荨麻、飞廉和其他人们称为野草的植物吐露头角，温暖的夏天下午充满蟋蟀的歌声。

　　随后而来的一个早晨，所有飞廉和野草都一并消失，只有长得好的青草留在那里。几天以后，转过路在墓的那一端立起了一个朴素黑十字架，十字架背面镌刻了一女子名字，字母小小的没有着色，只能在近处方能辨认。

　　天黑了。城里窗户都是黑洞洞的，人们都入睡了。唯有在一座大房子最高层房间里一个年轻人还醒着，他点起蜡烛，靠背椅上闭眼坐着，倾听下面万物是不是都安静下来了，手中拿着白玫瑰花圈，长久地坐着。

　　外面是另一个生动活跃世界，夜间昆虫四下到处漫游，远处有些呜咽声。

　　当他睁开眼，房间变得明亮起来。他能辨认出墙上的图画。透过窗，他看到对面侧翼建筑物的墙沐浴在冰冷月光下。突然他有了去教堂墓地的念头。"那个墓处在阴影里，"他道，"月光照不到那上面。"于是他站起来，小心地打开房门，用蜡烛照亮楼梯下楼。他到门口再一次倾听，然后无声地开大门出去，在街道和城市屋的阴影里走着。月光下他继续走了一段路，最后到达教堂墓地。

正如他所说的，那个墓处在教堂墓园墙壁浓重的阴影里，他把玫瑰花圈挂在黑十字架上，然后头靠着它。守夜人路过外面没有注意到他。苏醒过来的月夜声音，青草飒飒生长响动，夜晚花蕾崩裂，空气的细微歌声，他一概没有听见，他活在已不存在的时间段，被少女的那长期拢合在寂静心上的双手拥抱，白色身影紧挨着他，孩子般的两只蓝眼睛看着他。

她已遇难死去，但是她仍然年轻漂亮，她依然诱惑他和让人追求。她爱他，她为他做了一切。她常常为他而遭责骂，她用沉静眼睛盯着他，所以事情只好是这样了。冬春之交寒冷的夜晚，穿着破旧衣服的她来花园见他，此时他眼中只有她，没有其他人。

他不爱她，他只是垂涎美色，从不注意她口中喷发的热刺刺情话。"如果我是个多嘴的人，"他说，"我明天就会说，城里最漂亮的姑娘吻过了我。"

她不相信他认为她是最漂亮的，但她也不相信他会不说。

他们站在街道旁低矮篱笆裂开的缺口处，现在他们听到脚步声走近。他想推开她，但她把他拉回来，"无所谓啦"，她说。他松开她胳膊，一个人往后退去。

她静止不动站着，只是双手捂住眼睛，当外面有人经过路边及至屋子之间下面的脚步嘈杂声消失时，她仍旧站着。她没有看到他又走回来并用他双臂环抱她裸露脖子。当她觉察时，她把头低得深深的，"你应该为自己感到羞耻！"她道，"我完全清楚。"

他没有回答，坐在一长椅上默默拽下她向着自己。她顺从他这一做法，把嘴唇埋在他保养得很好的双手里，她担心他会伤心。

他轻轻笑着抱她抬上自己的膝盖，奇怪自己仿佛没有感到她什么份量，只像是女精灵一样娇小轻柔身躯的外形。他逗她，说她是个女妖，称起来没有一磅重。这时大风从裸露树枝刮过，他把外套将她的双脚围上，她用幸福的眼神抬眼看着他，"我觉得很冷！"她说，额头贴在他的胸脯上。

她在他掌控中，她自己本身再没有办法（摆脱）了。他爱护她，不是因为他觉得她值得怜悯或者感到自己有过错，目的是没有爱却要拥有她。但是，某个东西会阻止他完全占有她，他当时并不知道，那是死亡。

他站起来要走。"你太冷了！"他道，但是她把他的手贴放在她脸颊上。"我热！我只觉得火烧一样的热！"她道，她双臂绕着他脖梗，像孩子悬在他的脖子上，忘情地默默凝视着他。

那个寒冷夜晚后八天，她卧床不起，两个月后便死去。他再没有见到她，然而她死后他的情欲逐渐消失，现在他长年随身带着她的清新可人肖像，并且不由自主地爱上了亡者，那死去的少女。

注解、译名对照和参考资料

注　解

【注1】《被解放的耶路撒冷》是意大利文艺复兴时期的诗人塔索创作的一篇叙事长诗。公元 1099 年，十字军东征进攻耶路撒冷，伊斯兰士兵和基督教十字军发生了激烈战斗。克罗琳达是一名穆斯林女战士，忠于自己的宗教同时富有爱心。她不顾自己信仰的宗教戒律，救下要被火刑处死的基督徒索弗隆尼亚和奥林多这对恋人。以后的战场上，克罗琳达竟然与十字军骑士唐克雷蒂一见钟情，当克罗琳达被十字军包围命在旦夕时，唐克雷蒂冲进包围圈救出她并向她吐露爱慕之情，出于宗教的羁绊，克罗琳达拒绝了他。后来的格斗中，唐克雷蒂误伤克罗琳达致死。临终前的她，躺在唐克雷蒂的怀里袒露对他的爱情。

【注2】谢韵梅："《茵梦湖》与《象牙戒指》"（1990）、韩益睿："《迟桂花》与《茵梦湖》之比较"（2006）、陆友平："沈从文《边城》与斯托姆《茵梦湖》的比较"（2010）和张星星："《诗经·蒹葭》与《茵梦湖》"（2013）。

【注3】《后村诗话》指出唐氏的后夫与陆游是亲戚。《耆旧续闻》未言及陆母与唐氏姑侄关系，并只知唐氏这首词有"世情薄，人情恶"这两句。唐氏答词最早见于晚明卓人月（1606—1636）所编《古今词统》卷十，此词被后人评为"语极浅俚"。晚清词人况周颐（1859—1926）《香东漫笔》云"放翁出妻姓唐名琬"不知出自何典。此外更有否定沈园相遇种种之说，颇令人觉得困惑的是近人反而倒比宋人更清楚"沈园"本事细末。

【注4】后代文人咏及此事有清人蒋士铨（1725—1784）《沈氏园吊放翁》，桂馥（1736—1805）《题园壁》。近人杂剧有姚锡钧（1892—？）《沈家园》又名《沈园恨》以及吴梅（1884—1939）《陆务观寄怨钗凤词》。据此民间又衍生种种戏曲，粤曲《沈园遗恨》，今人陈明镳闽剧《钗头凤》等。

【注5】同在宋代的女词人，魏夫人适高官聚少离多。仕宦之家朱淑真嫁与小吏，志趣不合抑郁早逝。一代词人李清照丧夫再嫁遇人不淑，诉诸官府离婚。对比之下，唐氏再婚的境况可谓幸运。

【注6】民国杂志《人间世》1936 年第 2 期第 10～13 页，译者段可情（1899—1994）。

【注7】那个年代死亡是一件很平常的事，各种疾病随时随地都会夺走人的生命，平均寿命远远比今人短。西人会给亡者化妆画像，甚至和妆后亡者合影。

【注8】Staatshof（施塔茨庄园）这个词现代德语已弃用了，它原始意义是 Hauburg，即是指离施托姆家乡胡苏姆西南不远，濒临北海的艾德斯提（Eiderstedt）半岛上的农舍建筑。这种建筑物高达 15～20 米，采用柱架结构，可以抵御自然肆虐特别是北海烈风和由它形造成的风暴潮，建筑物外墙被潮水挤压变形时，顶部堆上厚厚的草的房顶因内部有四至八根柱架支撑可以屹立不倒，文中称这类风格建筑物为"干草山"。

【注9】贝梯纳（Bettina von Arnim，1785—1859），贝多芬和歌德的好友，她本身也是一位重要的浪漫派作家，写了多部书信体小说。在 21 岁的时候认识了 58 岁的歌德——她崇拜已久的大作家。两人开始通信，之后贝提娜将其通信结集成书信体小说《歌德与一个孩子的通信》（Göthes Brief-wechsel mit einem Kinde），但它不是照录原文而是改写，从而产生了一种亦真亦幻的效果，成为了德国文学史上的知名作品。米兰·昆德拉（Milan Kudera）的《不朽》（Immortality，2003）一书用了大量的篇幅讲述这两人之间的故事。

【注10】《施托姆抒情诗选》（钱春绮，1987）和《白玫瑰——施托姆抒情诗选》（魏家国，1991）都没有收入《红玫瑰》和《秘密》这两首诗。

《Rote Rosen，1847》（红玫瑰）

我们没有享受到，宁静的幸福，

我们来自苦海，什么是欢乐一无所知。

渴望狂飙般地袭来，只有痛苦，没有快乐！

你的鲜嫩脸颊发白，压在我胸上我无从喘息。

浪潮放肆缠绕着我们，将我们拖入陡峭深渊，

狂热相吻，最终几近崩溃身亡。

我们拥抱、再次圣洁交换，神的火花，

那刻，生命火焰被燃尽，生命火源方熄灭。

【注11】Charlotte Esmarch（Lolo，Loe）夏洛特·爱斯玛赫（1839—?），康士丹丝的侄女，时年27岁，施托姆和康士丹丝结婚时她7岁，昵称为小夏洛特（Lolo，Loe）。与康士丹丝的父亲通情达理态度迥然不同，康士丹丝的姐妹们对施托姆再婚朵丽斯都持强烈的反对态度，所以施托姆尽力想让康士丹丝家族的人对即将入门的朵丽斯有好印象。

【注12】原文没有注解说明，笔者认为指爱丽丝·波尔科（Elise Polko，1823—1899），本书注【17】第100～105页《与施托姆有关的个人名录》列出的120多个人名中，出现Elise的只有一处就是Elise Polko，可谓旁证。从上下文看，施托姆要表达的是："爱丽丝女士有权利（选择我），而我（选择了你）有足够耐心等待着你！"

【注13】凯勒（Gottfried Kelles，1819—1890）瑞士德语作家，《塞尔德维拉的人们》（Die Leute von Seldwyla，1853—1855）是他创作的荒诞不经讽刺性两卷小说，诗意现实主义流派代表性巨作。塞尔德维拉是该小说中的虚拟城市，按古语代表一个充满喜悦和阳光的地方，位于绿色山峦之间耸立着几百年前修建的环形城墙和教堂尖顶塔楼，与它类似风格的小城遍及瑞士各地。

《滥用的情书》（Die mißbrauchten Liebesbriefe）取自其第一卷五篇书信体小说中的一篇，商人维克多热衷文学，希望他的妻子格蕾特丽分享他的爱好和文学活动。他离开家乡去柏林工作四个月，要求持续通信。但写信对格蕾特丽是件难事，她怕受丈夫责备，于是异想天开竟然让恋上她的教师威廉捉刀代劳，这些冒牌信让丈夫狂喜惊叹妻子的天赋才能。但丈夫回来后发觉隐情，最后诡计穿帮。

【注14】材料取自原书第16页足注：施托姆还明确担心自己的孩子，因为孩子们作为第三方进入，会破坏他的前期恋母情结（präödipal）对共栖

（symbiotisch）向往，他信中道："我请求不要生孩子，我请求一直只有我们两人厮守着。我想到我们会出现这样一个危机就害怕，那就是你究竟是为了通过我能得到孩子才愿意爱我，还是你需要孩子，需要另外的爱可以来满足你的心灵，你到底是不是孤单才爱我的？当孩子长大脱离家庭后，最终他们只是敬重你，没有人像我这样爱着你。"

【注 15】材料取自原书第 19 页足注：19 世纪中期，石勒苏益格 - 荷尔斯泰因当地离婚并不少见。例如 20 岁施托姆在 1837 年"秘密"订婚旋即解除婚约当时 17 岁的爱玛·库尔·冯·科尔，她在 1845 年与伦茨堡（Rendsburg）一个面包烘焙师 Möhring 结婚。由于丈夫酗酒和家暴两人于 1847 年离婚。

【注 16】魏以新（Wei I–hsin，1898—1986），20 世纪三四十年代德文翻译名家。1934 年上海商务印书馆出版了由他翻译堪称经典、篇幅达 500 多页的《格林童话全集》译本，此外他还有多种翻译佳作，详见陈绍康写的介绍《老图书馆人魏以新》，载《图书馆杂志》1990 年第 1 期第 58 页。

【注 17】路德维希·托马斯报道的部分内容取自 1964 年在西德出版的厚达 379 页、署名王安娜（Anna Wang）的安娜利泽·马滕斯（Anneliese Martens，1907—1990）博士一书，《Ich kämpfte für Mao, eine deutsche Frau erlebt die chinesische Revolution》（我为毛战斗，一个德国妇女经历中国革命），书中作者叙述了自己在中国 20 年（1936—1956）的前 10 年亲身经历和见闻，此书被译成多种文字，成为在国际范围内介绍长征以及中国社会伟大变革的生动记录。中译本书名《中国——我的第二故乡》（1980）及《嫁给革命的中国》（2009）。

译名对照

Brinkmann, Hartmuth	1820—1910	伯林克曼	施托姆的密友
Buchan, Bertha von	1826—1903	贝尔塔·冯·布翰	施托姆初恋对象
Eichendorff, Joseph von	1788—1857	艾兴多尔夫	德国作家，诗人
Esmarsh, Ernst	1794—1875	恩斯特·爱斯玛赫	康士丹丝的父亲
Immermann, Karl Leberecht	1796—1840	伊默尔曼	德国剧作家，小说家，诗人
Kelles, Gottfried	1819—1890	凯勒	瑞士德语作家
Köhr, Emma Kühl von	1820—?	爱玛·库尔·冯·科尔	曾是施托姆的婚妻
Mann, Thomas	1875—1955	托马斯·曼	德国作家，诺贝尔奖得主
Mommsen, Theodor	1817—1903	台奥多尔·摩姆生	施托姆大学学友，诺贝尔奖得主
Mommsen, Tycho	1819—1900	图霍·摩姆生	施托姆大学学友
Mörike, Eduard	1804—1875	默里克	德国作家，诗人
Nolte, Guido		基多·诺尔特	施托姆大学学友
Polko, Elise	1823—1899	爱丽丝·波尔科	施托姆友人，德国女作家，诗人
Rowohl, Therese	1782—1879	德列莎·罗沃尔	贝尔塔的养母
Scherff, Friederike	1802—1876	弗里德里克·谢里夫	施托姆母亲的侄女
Schütze, Paul	1858—1887	舒茨	施托姆第一本自传的作者

Stifter, Adalbert	1805—1868	施迪夫特尔	德国作家
Uhland, Johann Ludwig	1787—1862	乌兰特	德国诗人
Wies, Lena	1797—1868	列娜·维斯	给少年施托姆讲故事的女子
Storm, Theodor	1817—1888	台奥多尔·施托姆	
Esmarsh, Constanze	1825—1865	康士丹丝·爱斯玛赫	施托姆原配
Jensen Dorothea (Doris, Do)	1828—1903	朵丽斯·简森（朵）	施托姆第二任妻子
Hans	1848—1886	汉斯	施托姆的长子
Ernst	1851—1913	恩斯特	次子
Karl	1853—1899	卡尔	幼子
Liesbeth (Lite)	1855—1899	里斯贝茨（里特）	长女
Lucie (Lute)	1860—1935	露斯（露特）	次女
Elsabe (Ebbe)	1862—1945	伊尔沙白（艾伯）	三女
Gertrud (Dette)	1865—1936	盖尔特鲁德（迪特）	四女
Friederike (Dodo)	1868—1939	弗里德里克（朵朵）	五女，施托姆和朵丽斯唯一女儿

参考资料

［1］《茵梦湖（原始版）》，梁民基译，北京，知识产权出版社，2014 年出版，219 页。

［2］Allen Porterfield："Wilhelm Meisters Lehrjahre and Immensee"，Modern Language Notes Vol. 41，No. 8（Dec.，1926），pp. 513－516.

《"威廉·迈斯特学习年代"与"茵梦湖"》，《现代语文短评》第 41 卷第 8 期，1926 年 12 月，第 513～516 页。

［3］深见茂，"シュトルムの『インメン湖』について"，人文研究，38（1），1986，pp. 51－65.

《论施托姆的〈茵梦湖〉》，人文研究，1986 年，第 38 卷第 1 期，第 51～65 页。

［4］《威廉·迈斯特学习年代》歌德著，张荣昌译，华夏出版社 2008 年出版，第 466 页。

［5］《齐东野语》，（宋）周密，中华书局 1983 年出版，第 219 页。

《齐东野语·放翁钟情前室》全文：陆务观初娶唐氏，阁之女也，于其母夫人为姑侄。伉俪相得，而弗获于其姑。既出，而未忍绝之，则为别馆，时时往焉。姑知而掩之。虽先知掣去，然事不得隐，竟绝之，亦人伦之变也。唐后改适同郡宗子士程。尝以春日出游，相遇于禹迹寺南之沈氏园。唐以语赵，遣到酒肴，翁怅然久之，为赋《钗头凤》一词，题园壁间云："红酥手，黄藤酒，满城春色宫墙柳。东风恶，欢情薄，一怀愁绪，几年离索。错！错！错！春如旧，人空瘦，泪痕红浥鲛绡透。桃花落，闲池阁，山盟虽在，锦书难托。莫！莫！莫！"实绍兴乙亥岁也。翁居鉴湖之三山，晚岁每入城，必登寺眺望，不能胜情。尝赋二绝云："梦断香销四十年，沈园柳老不飞绵。此身行作稽山土，犹吊遗踪一怅然。"又云："城上斜阳画角哀，沈园无复旧池台。伤心桥下春波绿，曾是惊鸿照影来。"盖庆元己未岁也。未久，唐氏死。至绍熙壬子岁，复有诗。序云："禹迹寺南，有沈氏小园。四十年前，尝题小词一阕壁间。偶复一到，而园已三易主，读之怅然。"诗云："枫叶初丹槲叶黄，河阳愁鬓怯新霜。林亭感旧空回首，泉路凭谁说断肠？坏壁辞题尘漠漠，断云幽梦事茫茫。年来妄念消除尽，回向蒲龛一炷香。"又至开禧乙丑岁暮，夜梦游沈氏园，又两绝句云："路近城南已怕行，沈家园里更伤情。香穿客袖梅花在，绿蘸寺桥春水生。""城南小陌又逢春，只见梅花不见人。玉骨久成泉下土，墨痕犹锁壁间尘。"沈园后属许氏，又谓汪之道宅云。

［6］《耆旧续闻》，（宋）陈鹄，中华书局 1985 出版，第 68 页。

书中有关陆游唐氏文字："放翁先室内琴瑟甚和，然不当母夫人意，因出之。夫妇之情，实不忍离。后适南班士石其家，有园馆之胜。务观一日至园中，去妇闻之，遣遗黄封酒果馔，通殷勤。公感其情，为赋此词。其妇见而和之，云'世情薄，人情恶'之句，惜不得其全阕。未几，怏怏而卒，闻者为之怆然。"

[7] 《后村诗话》，（宋）刘克庄，中华书局 1983 出版，第 255 页。

书中有关陆游唐氏文字："放翁少时，二亲教督甚严。初婚某氏，伉俪相得，二亲恐其惰于学也，数谴妇。放翁不敢逆尊者意，与妇诀。某氏改事某官，与陆氏有中外。一日通家于沈园，坐间目成而已。"

[8] No – Eun Lee：《Erinnerung und Erzählprozess in Theodor Storms frühen Novellen（1848—1859）》Erich Schmidt Verlag Februar 2005 Berlin

《施托姆 1848 年至 1859 年早期小说中的回忆和回忆过程》，施密特出版社，柏林，2005 年出版，第 163 页。

书中作者力图证实，施托姆早期小说是一个关于叙述方法，文化史和思想史研究的有价值领域，同时它们也是具有吸引力的艺术作品。作者把这些小说作为关于回忆和回忆过程的实验，从叙事学进行分析，由此发现在叙述者回忆、个人教育问题和市民性别角色之间存在关联。

[9] Franz Kobes：Kindheitserinnerungen und Heimatsbeziehungen bei Theodor Storm

Verlag von Gebrüder Paetel（Dr. Georg Paetel）Berlin，1917.

《施托姆生活和作品中的童年回忆和故土情结》，Gebrüder Paetel 出版社，柏林，1917 年出版，第 280 页。

除了首尾的"导言"和"结语"外，本书有八章："导言""胡苏姆市场""施托姆家庭""少年时代和父母的家庭""祖母和列娜·维斯""胡苏姆街道和诗人的青年时代""胡苏姆环境""施托姆在施瓦布施泰特市""荷尔斯泰因州""结语：施托姆的家乡"。

[10] Gerd Eversberg：Storms Erste Grosse Liebe，Theodor Storm und Bertha von Buchen in Dedichten und Dokumenten，Westholsteinische Verlaganstalt Boyens & Co.，Heide 1995.

《施托姆的感人初恋：诗歌和文献中的施托姆和贝尔塔》，Westholsteinische Verlag-anstalt Boyens & Co.，海特，1995 年出版，第 193 页。

本书是袖珍本，分四部分："施托姆的感人初恋""诗歌""汉斯熊""书信和注解"。

[11] Lemcke，Dr. phil. Georg：Die Frauen im Leben des Jungen Theodor Storm Berlin，Verlag von Georg Stilke，1936.

《青年施托姆生活中的女子》，Georg Stilke 出版社，柏林，1936 年出版，第

152 页。

本书有五章："在胡苏姆的学生生活""贝尔塔·冯·布翰""学生年代的其他女性""订婚期间""年青婚姻和朵丽斯·简森"。

[12] Wiebke Strehl：Theodor Storm's Immensee：A critical Overview，Camden House，2000.

《施托姆的〈茵梦湖〉：评论观感》，Camden 书屋，2000 年出版，第 127 页。

本书有十章："小说《茵梦湖》""1849—1888——当代的声音""1888—1914——施托姆死后的作品普及""1914—1945——战后年月""1945—1957——《茵梦湖》回归""1958—1972——作为他当代孩子的施托姆""1972—1986——作为我们时代孩子的施托姆""1986—1998——读者对施托姆的新反应""电影，剧场和报纸中的《茵梦湖》""总结和展望"。

[13] Goldammer, Peter：Theodor Storm, Eine Einführung in Leben und Werk, Reclam – Verlag Leipzig，1990.

《施托姆——他的生活和作品简介》，Reclam 出版社，莱比锡，1990 年出版，第 230 页。

本书有 15 章："家乡和童年""求学年代""诗人和律师""石勒苏益格 – 荷尔斯泰因""抒情诗和第一本小说""波茨但""圣城""流亡中的诗歌""返回家乡""成为普鲁士官员""胡苏姆最后的日子""后期小说""白马骑士""生命尾声""附录"。

[14] E. Allen McCormick：Theodor Storm's Novellen, Essays on Literary Technique，Edition of 1966，AMS PressNew York，1969，p. 182.

《施托姆小说，散文的文学技巧》，美国北卡罗来纳大学出版社版权，纽约，AMS 出版社，1966 年版，第 182 页。

本书有五章："《茵梦湖》的两个版本""施托姆描写方法简论""施托姆悲情小说初论""'淹死的人'小说中的三个命题""Hinzelmeier：作为问题的艺术童话'思考历史'"，另附"注解"。

[15] Rösch, Lydia. "Immensee und kein Ende"，Modern Language Notes，January 1934，pp. . 34 – 36.

《永远的'茵梦湖'》，"现代语文短评"第 34 卷第 1 期，1934 年 1 月，第 34 ~ 36 页。

[16] Erica Wickerson：Refracting time：Symbolism and Symbiosis in Theodor Storm's Immensee and Thomas Mann's Tonio Kröger，The Modern Language Review，Vol. 111 No. 2 April 2016，pp. 434 – 453.

《时间的折射：施托姆的"茵梦湖"和托马斯·曼的"托尼奥·克律格"的象征

主义和共栖》,《现代语文评论》第 111 卷第 2 期,2016 年 4 月,第 434～453 页。

［17］ Elmer Otto Wooley:Studies in Theodor Storm, Indiana University, Bloomington, 1941.

《施托姆研究》,美国印第安纳大学出版社,布卢明顿,1941 年出版,第 143 页。

本书有八章:"施托姆与贝尔塔·冯·布翰""施托姆生平简介""施托姆作品简介""施托姆的宗教信仰是什么""初版施托姆诗歌出版物列表""施托姆诗歌年表""施托姆小说里人物的人名检索""与施托姆有关的个人名录"。

［18］ Karl. E. Laage:Liebesqualen:Theodor Storm und Constanze Esmarch als Brautpaar, Boyens Buchverlag Germany, 2005.

《相互折磨的爱:未婚夫妻台奥多尔·施托姆与康士丹丝·爱斯玛赫》,Boyens 出版社,德国,2005 年出版,第 162 页。

"导言","爱情犹如由天而降""情诗""合唱团""婚姻要旨""社交圈子""经济事务""情调和败兴""通信像一本写诗日记""年轻施托姆是不问政治的动物?""律师实习""危机和孩子""新城 56 号住所布局""婚礼:家庭联姻""后续发展"。

［19］ Gertrud Storm:Wie mein Vater Immensee erlebte, Hölder – Pichler – Tempsky A. G. 1924, p. 114.

《我父亲是怎样经历"茵梦湖"的》,1924 年出版,第 114 页。

本书是 64 开袖珍本,共有三章:"施托姆的生平""《茵梦湖》导言""《茵梦湖》标准版全文"。

［20］ 梁民基:《"茵梦湖"背景及施托姆情感经历》,北京,知识产权出版社,2013 年出版,第 120 页。

［21］ A. Tilo Alt:Theodor Storm, Duke University, Twayne Publishers, Inc. , New York, 1973.

《台奥多尔·施托姆》,美国杜克大学版权,Twayne Publishers 出版社,纽约,1936 年出版,第 157 页。

本书有五章:"诗人的生活""施托姆的诗歌""民谣和童话""中篇小说""总结:作为作家和诗人的施托姆的重要性"。

［22］ Von Ewald Lüpke:Theodor Storm:Briefe an Dorothea Jensen und an Georg Westermann. Hg. Braunschweig 1942. p. 52.

《施托姆与朵丽斯·简森和乔治·韦斯特曼通信》,布伦瑞克出版社,德国,1942 年出版,第 52 页。(乔治·韦斯特曼,当年施托姆作品的出版商)

［23］ Ranft, Gerhard, Theodor Storm und Dorothea, geb. Jensen. Ein unveröffentlicher Briefwechsel. In:Schriften der Theodor – Storm – Gesellschaft 28 (1979), S. 34 – 97.

《未公开的施托姆与朵丽斯·简森通信》，台奥多尔·施托姆协会刊物 1979 年 28 期，第 34~97 页。

[24] Ranft, Gerhard, Theodor Storm und Elise Polko. Ein bisher unveröffentlichter Briefwechsel. In: Schriften der Theodor – Storm – Gesellschaft 39（1990），S. 46 – 68.

《至今未公开的施托姆与爱丽丝·波尔科通信》，台奥多尔·施托姆协会刊物 1990 年 39 期，第 46~68 页。

[25] Gerd Eversberg：《Auf Freiersfüßen nach Minden/Theodor Storm besucht Elise Polko》on http：//www. g. eversberg. eu.

《关于前往明登的追求者足迹/台奥多尔·施托姆访问爱丽丝·波尔科》。